UNE NUIT DE SCANDALE

DARCY BURKE

ZEALOUS QUILL PRESS

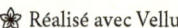

UNE NUIT DE SCANDALE

Le Club des Ducs Fringants

Découvrez les hommes inoubliables de la taverne la plus célèbre de Londres, *Le Duc Fringant*. Avec ces sublimes séducteurs à l'esprit et au charme à revendre, épris de liberté et d'aventures, une nuit n'est jamais suffisante...

Jack Barrett est un membre du Parlement ambitieux, qui n'a ni le temps ni l'envie de penser au mariage. Quand il surprend la sœur du duc d'Eastleigh dans l'un des clubs privés pour gentlemen de Londres, il est stupéfait, mais aussi dangereusement charmé. Il va endosser le rôle de protecteur, avant de découvrir qu'elle a les moyens de le détruire.

L'excentrique Lady Viola Fairfax se grime en homme pour écrire un article dans un magazine féminin populaire. Lorsqu'elle découvre un scandale potentiel impliquant un éminent membre du Parlement, elle saute sur l'occasion pour s'imposer en tant que véritable journaliste. Toutefois, cet homme aussi exaspérant qu'enivrant n'est peut-être pas l'extrémiste que l'on prétend, et plus ils passent du temps ensemble, plus elle risque la seule chose qu'elle s'est juré d'éviter : tomber amoureuse.

～

Inscrivez-vous à ma newsletter (uniquement en anglais pour le moment) sur https://www.darcyburke.com/readerclub pour des exclusivités réservées aux membres, des annonces de précommandes, des infos exclusives, des concours, des cadeaux gratuits et des promos spéciales !

Vous appréciez mes livres et souhaiteriez échanger avec des lecteurs qui partagent les mêmes goûts ? Envie de passer du temps avec moi et d'obtenir plus d'informations exclusives ? Rejoignez les Darcy's Duchesses.

Aux enseignants,

qui motivez, nourrissez, et inspirez.
Je vous admire...

CHAPITRE 1

Londres, avril 1817

— *T*avistock !

Alors qu'elle lançait un sourire aux clients du *Duc Fringant* qui crièrent pour l'accueillir depuis le salon principal où ils étaient installés, Lady Viola Fairfax sentit ses fausses rouflaquettes tirer la peau de ses joues. Cela faisait maintenant deux ans qu'elle portait ce déguisement d'homme et elle avait fini par s'y habituer, mais elle avait récemment dû changer ses vieilles rouflaquettes, et les nouvelles n'étaient encore pas tout à fait confortables.

Elle échangea des plaisanteries avec quelques autres clients réguliers, puis s'assit à une table. Presque immédiatement, l'une des serveuses, Prudence, déposa devant elle une chope de bière, la regardant d'un drôle d'air. Viola se demanda – comme souvent – si elle avait deviné que Tavistock était, en réalité, une femme.

D'ailleurs, cela ne l'aurait pas surprise. Ce qui la surprenait davantage, c'était que personne ne s'en soit encore rendu compte. Car personne ne semblait être au courant, à part son frère, Val, et son meilleur ami, qui étaient les propriétaires de la taverne.

Le premier soir qu'elle était apparue sous le nom de Tavistock, elle avait révélé son identité secrète à Val. Comme elle s'y était attendue, il avait été choqué d'apprendre qu'elle se déguisait en homme afin de pouvoir travailler pour le célèbre mensuel, la *Gazette des femmes*, et il avait d'abord essayé de l'en dissuader. Mais il ne fallut que cinq minutes à Viola pour le convaincre qu'elle *devait* le faire. Qu'écrire était la seule chose qui comblait le vide qu'elle ressentait.

Non seulement son frère avait fini par la comprendre, mais il l'avait même soutenue – lui imposant, comme seule condition, de mettre son associé et meilleur ami, le duc de Colehaven, dans la confidence. En tant que propriétaires du *Duc Fringant*, ils étaient responsables de ce qu'il se passait dans leur établissement et il était donc normal que tous deux soient au courant que Viola se faisait passer pour un homme et que son « Tavistock » allait devenir l'un de leurs clients réguliers.

Viola sirota sa bière. C'était Cole qui l'avait produite et, comme toujours, elle était délicieuse. À tel point que Viola soupçonna même que ce soit, Diana, la femme de Cole, la véritable artiste. *Il n'y a qu'une femme pour faire une bière aussi bonne*, pensa-t-elle en souriant.

— Salut Langford ! s'exclamèrent des clients pour accueillir Giles Langford, qui venait d'entrer.

Langford, un forgeron qui construisait des calèches aussi bien qu'il les conduisait, s'installa à la gauche de Viola.

— Salut Tavistock ! Ça fait quelques semaines que je ne t'ai pas vu...

— J'ai été occupé, répondit Viola de la voix grave qu'elle maîtrisait maintenant parfaitement.

— Tu prépares un autre article ? Mais, dis-moi, il y a vraiment des gens qui lisent ces sottises ? demanda-t-il d'un air amusé, en sirotant sa bière.

Viola s'efforça de garder son calme.

— Qu'est-ce qui te fait penser que ce sont des sottises ?

— Je ne voulais pas te vexer. Mais j'ai cru comprendre que tu n'écrivais pas ce qu'il se passe réellement ici, alors je disais « sottises » au sens propre du terme, répondit-il en haussant les épaules.

— Ça veut dire que tu ne lis pas le journal, dans ce cas, rétorqua Viola en buvant une gorgée de sa bière.

Langford éclata de rire.

— Pourquoi est-ce que j'irais lire la *Gazette des femmes* ?

Il avait raison. Viola elle-même avait du mal à lire le journal. Les articles, pourtant adressés à des femmes, étaient écrits par des hommes, comme s'ils savaient ce que les femmes aimaient lire ! En fait, tout le journal était produit par des hommes, ce qui était une aberration. Lorsque Viola avait postulé, leur réponse avait été ferme : ils n'embauchaient pas de femmes. Non seulement cela, mais ils avaient même paru horrifiés par l'idée. Comme si elle était un monstre, alors qu'elle était l'une des femmes auxquelles leur journal était pourtant destiné.

C'est ainsi qu'elle avait eu l'idée de se faire passer pour un homme : s'ils n'engageaient que des hommes, elle allait leur donner ce qu'ils voulaient. Elle se présenta alors en tant que Samuel Darius Tavistock, célibataire habitué du *Duc Fringant*, la taverne la plus populaire de Londres appartenant à deux ducs et fréquentée par tous les pans de la société, de la pairie jusqu'au forgeron assis à côté d'elle. L'éditeur avait été enthousiasmé par la proposition de Tavistock de faire une chronique intitulée « Les Gentlemen de Londres », laquelle était publiée tous les mois depuis maintenant deux ans.

Pourtant, même si cela lui permettait d'écrire, ce n'était pas ce dont rêvait Viola qui ambitionnait de devenir un jour une véritable écrivaine.

Elle avait commencé une douzaine de manuscrits mais n'en avait pas terminé un seul. Elle avait rédigé des pamphlets sur l'inégalité en matière de vote, ou encore sur le fossé qui existait entre les riches propriétaires fonciers et les travailleurs pauvres, mais aucun n'avait été publié. Il était peut-être temps qu'elle envisage de les publier elle-même ? Val l'aiderait sûrement.

Ou pas…

Car les pamphlets qu'elle écrivait étaient sulfureux et de nature à lui causer des problèmes. Val exerçait des responsabilités à la Chambre des Lords, et si quelqu'un apprenait que la sœur du duc d'Eastleigh avait écrit et publié des articles prônant la réforme, cela ferait scandale – un scandale qui non seulement affecterait Val et Viola d'une manière ou d'une autre, mais, qui déclencherait une crise d'apoplexie chez leur grand-mère.

Pourtant, Viola devait bien admettre que Langford avait raison. Elle écrivait en effet des *sottises*. Pas parce qu'il s'agissait de choses fictives, mais parce que c'était *stupide*. Qui se souciait de savoir comment se comportaient des *gentlemen* lorsqu'ils étaient réunis dans une taverne ?

Caldwell et Sir Humphrey – deux des nombreux députés habitués du *Duc Fringant* – entrèrent, et allèrent s'asseoir au comptoir où Doyle, le barman, leur servit une bière à chacun, comme d'habitude.

Caldwell, un homme grand et mince aux yeux bleus perçants, donnait toujours à Viola l'impression d'être un prédateur, à l'affût de la moindre vulnérabilité chez les autres. Sir Humphrey, en revanche, était beaucoup plus affable, plaisantant souvent et désireux de faire rire ceux qui l'entouraient. Les deux députés étaient presque toujours ensemble et, grâce à Sir Humphrey, Caldwell semblait plus doux, plus agréable – à tel point que Viola se demandait parfois si ce n'était pas pour cette raison qu'il s'était lié d'amitié avec Humphrey.

— Bonsoir, Messieurs ! lança Sir Humphrey. Content de vous voir, Tavistock ! Ça faisait longtemps... J'imagine que vous allez bientôt écrire un autre article ? Voyons si j'ai quelque chose d'intéressant à vous dire...

Il réfléchit en tapotant son majeur sur ses lèvres fines.

— Je ne fais qu'observer, dit Viola. Si vous me soufflez un sujet, ce ne sera pas aussi authentique. À moins qu'il ne s'agisse de quelque chose que les lectrices de la *Gazette des femmes* doivent absolument savoir...

Pourtant, Sir Humphrey lui communiquait des informations chaque fois qu'elle le voyait. De toute évidence, il cherchait à être cité dans l'article. Peut-être lui donnerait-elle satisfaction, ce mois-ci.

— Le vicomte d'Orford est à la recherche d'une épouse, lui dit Sir Humphrey. Vous vous souviendrez que c'est moi qui vous l'ai dit, j'espère ? ajouta-t-il en haussant les sourcils.

Caldwell leva les yeux au ciel.

— Ne l'écoutez pas ! intervint-il d'un ton ferme, regardant Viola avec des yeux un brin rieurs. Allez, mon vieux. Viens ! dit-il à Sir Humphrey en le traînant dans le salon privé où des conversations plus intimes pouvaient avoir lieu.

En les regardant s'éloigner, Viola pensa que Humphrey ne semblait pourtant pas si « vieux ». Il devait avoir une décennie de plus qu'elle, soit environ trente-six ans se dit-elle.

— Ils vont probablement discuter de la manière dont ils

peuvent encore rouler la classe ouvrière, siffla Langford en les observant de loin d'un air suspicieux.

Puis il finit sa bière et se leva.

— Avant de partir, avez-vous des informations sur des courses à venir que je pourrais mentionner dans ma chronique ? lui demanda Viola en levant les yeux vers lui.

Giles Langford était exactement le type d'homme qui plaisait aux lectrices de la *Gazette des femmes* et que Viola pouvait citer dans ses articles, les yeux fermés. Avec ses cheveux dorés, son sourire éclatant, et son habileté dans le maniement du fouet, il faisait fondre les femmes de tous âges et de tous statuts. Peu importait qu'il ne soit pas titré ni riche : il était beau et remportait toutes les courses auxquelles il participait, et cela suffisait à les faire rêver.

Sauf Viola. En fait, elle ne fondait devant aucun homme.

— Rendez-vous à Rotten Row, à l'aube, ce samedi si vous voulez voir Adolphus Fernsby fondre en larmes, lui suggéra Langford avec un regard malicieux.

Dans les rassemblements de la haute société, Fernsby était au mieux une nuisance. Sur l'hippodrome, il était encore pire – tristement célèbre pour sa suffisance, et ses discours lors desquels il expliquait à qui voulait l'entendre pourquoi lui-même, sa voiture, et ses chevaux étaient les meilleurs.

— Qui participera à la course ? demanda Viola.

Langford sourit.

— Moi !

Viola ne put s'empêcher de lui rendre son sourire. Elle ne doutait pas que la plupart des hommes de cette taverne seraient là pour encourager l'un des leurs.

Elle leva sa chope vers lui.

— Merci pour l'information !

Langford inclina la tête avant de partir.

Après avoir discuté avec quelques autres clients tandis qu'elle finissait sa bière, Viola se rendit finalement dans le salon privé. C'était là où elle entendait les commérages susceptibles d'intéresser les lectrices de la *Gazette des femmes.*

Chaque table du salon était occupée par deux, trois ou quatre clients. Elle balaya la pièce du regard, cataloguant mentalement les personnes présentes. Elle les connaissait presque toutes. Gregory Pennington, un autre membre du Parlement, arriva derrière elle. C'était un homme imposant – tellement gros que son cou avait presque disparu – et elle dut s'avancer dans la pièce pour le laisser passer. Elle le suivit du regard tandis qu'il se dirigeait vers la table de Sir Humphrey et de Caldwell. Il s'assit avec eux et les trois se lancèrent immédiatement dans une discussion animée.

Deux clients populaires, le marquis de Raymore et le vicomte Keswick, étaient assis à une autre table, et riaient à gorge déployée. Viola décida d'écouter leur conversation et alla s'installer près de leur table, à côté de la cheminée. Ils étaient en train de discuter de ce qui était sur les lèvres de beaucoup : la nouvelle loi sur les réunions séditieuses.

— Attention ! déclara Keswick en riant. Si quelqu'un dit ce qu'il ne faut pas lors d'un bal, cela pourrait être contraire à la loi !

Les deux hommes continuèrent de rire tandis que Viola sirotait sa bière. La loi était en effet particulièrement répressive, mais tout le monde était très inquiet après l'émeute de décembre et l'attaque contre le prince régent en janvier – des faits provoqués par les radicaux qui s'étaient réunis en masse et avaient, semblait-il, fomenté le chaos. C'était en tout cas ce que beaucoup croyaient.

Sir Humphrey et Caldwell se levèrent et partirent, et Pennington rejoignit la table de Raymore et Keswick. Son regard sombre se posa sur Viola.

— Tavistock, venez nous rejoindre ! l'invita-t-il.

— Si cela ne vous dérange pas ? demanda-t-elle à Raymore et Keswick, puisque Pennington s'était assis sans y être invité.

— Pas du tout, répondit Keswick en désignant la chaise encore libre. Au contraire, nous sommes ravis de vous voir, Tavistock. J'espère simplement que nous pourrons continuer de parler librement, sans que nos propos soient repris dans la *Gazette des femmes* ? rit-il en regardant ses deux compères.

— Ce n'est pas mon genre, le rassura Viola. À moins que quelqu'un ne mérite que sa vraie nature soit révélée, ajouta-t-elle, continuant de faire rire Keswick.

— Mieux vaut être dans les petits papiers de Tavistock, n'est-ce pas, Pennington ? lança Keswick en donnant un coup de coude à son ami.

Pennington lui adressa un sourire arrogant.

— Tu parles ! Je me fiche pas mal de ce qu'il peut écrire dans un journal pour *femmes*, dit-il avec mépris.

Viola se rappela d'écrire quelque chose sur lui dans son prochain article.

— Il y a des choses bien plus importantes que de savoir qui a la plus belle cravate, ajouta Pennington, comme si Viola n'écrivait que sur ce genre de sujets.

Pourtant, si elle abordait en effet parfois la mode, elle écrivait sur bien d'autres choses.

— Alors, donnez-moi quelque chose de plus important sur quoi je pourrais écrire, osa-t-elle en le regardant dans les yeux.

Pennington lança un regard vers Raymore, puis prit sa chope de bière.

— Une rumeur circule en ce moment… Il paraîtrait qu'un député a rejoint les radicaux, lâcha-t-il.

— Beaucoup de députés sympathisent avec eux, minimisa Keswick.

— La sympathie est une chose, mais les soutenir de manière concrète en est une autre, précisa Pennington.

Viola sentait qu'elle tenait un sujet.

— Êtes-vous en train de dire qu'un député les a *aidés* ? Comment ?

— N'as-tu pas dit que c'était une rumeur ? demanda Raymore.

Pennington confirma d'un signe de tête.

— Dans ce cas, il est probablement préférable de ne pas répandre ce qui ne sont que des ragots, conclut le marquis en buvant une gorgée de bière.

— Mais Tavistock n'écrit *que* sur les ragots, déclara Keswick avec un clin d'œil en direction de Viola.

S'il y avait du vrai dans cette rumeur, c'était plus que de simples « ragots », pensa Viola. Il fallait qu'elle tire cette affaire au clair…

Pennington se leva.

— Bien ! Je vous laisse, Messieurs. Je vais au *Brooks* ! annonça-t-il, avant de retourner au salon principal.

— Personne ne serait assez fou pour aider les radicaux, pensa Raymore à haute voix, en secouant la tête. Pas après tout ce qui s'est passé…

Viola était d'accord avec lui. Si la rumeur était fondée, le député concerné était un imbécile. La loi d'*Habeas corpus* avait été révoquée le mois précédent et tout le monde pouvait désormais être emprisonné pour n'importe quelle raison. C'était une période dangereuse pour ceux qui souhaitaient le changement et l'égalité !

— Peut-être qu'il les a aidés avant, suggéra Keswick. Encore une fois, beaucoup de députés sont considérés comme « radicaux ». Burdett, par exemple.

Viola retint le nom, puis se leva.

— Excusez-moi, Messieurs, je dois malheureusement aller voir les autres clients.

En réalité, elle avait hâte de partir…

Alors qu'elle retournait vers le salon principal, elle faillit rentrer dans son frère, Valentine Fairfax, le duc d'Eastleigh. Il la regarda avec étonnement.

— Tavistock ! Je ne pensais pas te trouver ici ce soir… lui dit-il à voix basse, prenant soin, toutefois, de l'appeler par son faux nom.

— J'allais justement partir, en fait.

Val s'approcha un peu plus d'elle.

— Tu es censée me prévenir avant de venir, chuchota-t-il.

— Et t'arracher à Isabelle ? lui demanda Viola, faisant référence à la femme qu'il venait d'épouser et dont il était inséparable. Je ne voudrais surtout pas perturber votre nouveau bonheur, que vous méritez autant l'un que l'autre.

— Ce n'est pas comme si je ne venais pas ici presque tous les jours !

— C'est vrai… Mais reconnais que tu passes moins de temps ici qu'avant. Tout comme Cole, d'ailleurs, accaparé par son mariage. Comme tu devrais l'être, toi aussi.

Val fronça les sourcils.

— Nous avions un accord. Si tu veux continuer à venir ici sous une fausse identité, je dois en être informé !

Elle lui adressa un sourire d'excuse.

— Tu n'es pas toujours là, et j'ai une chronique à écrire… De toute façon, je m'en vais. Je te promets que je t'informerai de ma venue, la prochaine fois.

— Où est grand-mère ? demanda Val.

Viola vivait avec leur grand-mère, et sortait parfois avec elle le soir, lorsque l'endroit où elle allait le lui permettait. Cependant, la plupart du temps, Viola préférait rester à la maison ou venir au *Duc Fringant*.

— Elle est à une soirée cartes.

— Si elle savait… souffla Val.

— Elle ne saura jamais, trancha Viola, jetant un coup d'œil dans le salon pour voir si quelqu'un avait remarqué leur conversation à voix basse.

Apparemment, ce n'était pas le cas.

— Peut-être que tu ferais mieux d'arrêter, lui conseilla son frère. Tu te rends compte des risques que tu prends ?

— Je n'ai jamais eu le moindre ennui... En revanche, nous risquons d'éveiller les soupçons si nous continuons nos messes basses. Je vais y aller. Passe le bonjour à Isabelle pour moi !

— Je le ferai. Mais toi, rentre directement chez toi ! lui conseilla-t-il.

Viola hocha la tête, puis tourna les talons, posant sa chope vide sur le comptoir avant de quitter la taverne – non sans avoir salué Doyle.

Une fois dehors, elle héla un fiacre.

— Où allons-nous ? demanda le cocher.

— Au *Brooks*, répondit-elle, pleine d'excitation.

CHAPITRE 2

*J*ack Barrett sortit du *Brooks*, visiblement impatient de quitter les lieux. S'il n'y avait pas eu cette réunion organisée par l'un de ses collègues députés, il ne serait jamais allé dans ce club. Il préférait de loin l'atmosphère informelle et conviviale du *Duc Fringant*.

— Merci d'être venu ce soir, lui dit le vicomte d'Orford derrière lui.

Lui et Jack n'étaient pas toujours d'accord — le vicomte d'Orford venait d'un bourg pourri et n'appréciait pas que Jack se prononce contre lui — mais ils faisaient souvent partie des mêmes comités.

— Je crains que ce ne soit une perte de temps, soupira Jack en se tournant vers lui.

— Je ne suis pas d'accord. Ce n'est jamais une perte de temps de tenter de briser nos divergences politiques, répondit le compte en lui donnant une tape sur l'épaule de son bras musclé. J'attends avec impatience notre prochain débat !

— Moi aussi, déclara Jack sans grande conviction.

Puis il se retourna avec l'intention de partir, mais il tomba nez à nez avec Gregory Pennington, un député qui ne devait d'être membre du *Brooks* qu'à grand-père, une figure importante de l'aristocratie londonienne.

— Bonsoir, Barrett ! le salua-t-il. Vous n'étiez pas sur le point de sortir, n'est-ce pas ?

— En fait, si ! Ma réunion est terminée.

Les yeux sombres de Pennington s'écarquillèrent.

— Votre « réunion » ? J'espère que vous n'étiez pas plus de cinquante, ricana-t-il, comme si la loi sur les réunions séditieuses était une plaisanterie.

Jack, pour qui cette loi était une abomination, serra les dents.

— Absolument pas. Cependant, une fois à l'intérieur, vous remarquerez qu'il y a au moins cinquante personnes dans la salle de jeux.

— Mais elles ne font que parler et jouer. Elles ne remettent pas en cause le Gouvernement !

Arquant les sourcils, Jack décida de provoquer son interlocuteur.

— Êtes-vous en train de dire que nous avons remis en cause le Gouvernement lors de notre réunion ?

— Je plaisantais, répondit Pennington en faisant la moue. Mais je vois que le sujet est sensible et qu'il vaut mieux ne pas en rire…

— En effet. Maintenant, si vous voulez bien m'excuser, j'étais en route pour le *Duc Fringant*.

— J'en viens ! s'exclama Pennington, regardant au-delà de l'épaule de Jack. En parlant du *Duc Fringant*, je crois que voilà justement Tavistock…

Aussitôt, Jack se retourna et aperçut le célèbre journaliste. Il se tenait là, sur le trottoir, contemplant l'entrée du club. Jack le trouva décidément bien petit dans son costume trop large. Pennington se dirigea vers Tavistock avant que Jack ne puisse l'en empêcher. De toute façon, qu'aurait-il pu lui dire ?

— Fichtre ! marmonna-t-il, en les rejoignant.

— Tavistock ! lança Pennington. Je ne savais pas que vous deviez venir ! Nous aurions pu partager un fiacre…

— Ce n'était pas prévu, répondit Tavistock avec un vague hochement de tête. Je me suis dit que j'allais venir me renseigner sur ce que vous avez dit pendant votre réunion…

— Vraiment ? demanda Pennington d'un air perplexe, se caressant le menton. Dans ce cas, rentrons à l'intérieur. Nous discuterons en buvant du cognac, déclara-t-il en souriant.

La colère gagna Jack. Comment Pennington osait-il inviter Tavistock au *Brooks* alors qu'il n'en était pas membre ?

— En l'occurrence, j'aimerais parler à Tavistock en privé, intervint Jack.

Il se força à sourire mais lança un regard sombre au jeune homme.

— Ah… Eh bien, dans ce cas, je vous attends à l'intérieur ! dit Pennington. Rejoignez-moi lorsque vous aurez terminé, ajouta-t-il à l'attention de Tavistock. Il se peut que j'aie quelques informations à vous donner…

Puis il disparut à l'intérieur du club avec un sourire énigmatique.

— Pourquoi souhaitiez-vous me parler en privé ? demanda Tavistock à Jack, lorsqu'ils furent seuls.

— Faisons quelques pas, l'invita Jack, impatient d'éloigner Tavistock de l'entrée du *Brooks*. J'allais justement me rendre au *Duc Fringant*. Nous pouvons partager un fiacre, si vous voulez ?

— Je viens juste d'arriver. Je pense que je vais rester un peu ici, dit Tavistock d'un ton affable. Et puis, vous avez entendu Pennington : il m'a demandé de le rejoindre…

Jack se tourna vers Tavistock et baissa la voix.

— Je vous rappelle que vous n'êtes pas membre. Je ne suis pas certain que l'on vous laisse entrer…

— Comment savez-vous que je ne suis pas membre ? s'étonna Tavistock, sentant ses joues rougir au-dessus de ses rouflaquettes brunes.

Ces choses étaient vraiment inconfortables… Presque autant que sa perruque brune.

— Parce que, à ma connaissance, aucune *femme* ne peut être membre du *Brooks*.

Le visage de Lady Viola Fairfax passa du rouge écarlate à la couleur de l'albâtre.

— On y va ? lança Jack, comme si de rien n'était.

Il faillit même lui offrir son bras. Heureusement qu'il s'abstint… Cela aurait sans nul doute fait couler beaucoup d'encre !

Viola hésita, jetant un coup d'œil vers la porte du *Brooks*.

— Vous ne pouvez pas entrer ! s'impatienta Jack. Si vous êtes découverte…

Il s'interrompit et secoua la tête, exaspéré.

— Eastleigh sait-il que vous êtes ici ?

— Cela ne vous regarde pas, rétorqua sèchement Viola.

Elle avait maintenu sa voix d'homme et Jack ne put s'empêcher de lui vouer une certaine admiration pour cela.

— Dans ce cas, je vais lui demander…

Il connaissait Eastleigh depuis Oxford et le considérait comme l'un de ses meilleurs amis.

Viola blêmit à nouveau.

— Je vous en prie, n'en faites rien ! Je vais partir, marmonna-t-elle, forcée de s'avouer vaincue.

— Vous êtes douée, la complimenta Jack.

— Visiblement pas assez, siffla-t-elle en haussant un sourcil.

Puis elle passa devant lui, et il dut pratiquement courir après elle pour la suivre.

— Je vais vous raccompagner chez vous, proposa-t-il.

— Ce ne sera pas nécessaire.

Elle parlait toujours avec la voix de Tavistock – basse et graveleuse.

— Comment avez-vous su ? Et depuis combien de temps savez-vous ? explosa-t-elle en se tournant brusquement vers lui.

Un jour, Jack avait vu Tavistock – *elle* – se pencher et avait alors aperçu la courbe de ses fesses, indubitablement féminine. Avec ses lèvres charnues et ses grands yeux bleus ornés de longs cils, la vérité lui avait sauté aux yeux.

— Disons que vous avez un jour révélé, par inadvertance, une partie de votre anatomie qui ne laissait aucun doute. C'était il y a plus d'un an, mais je ne me souviens pas quand exactement…

Elle cligna des yeux vers lui.

— Mon… anatomie ?

Il s'éclaircit la gorge, gêné.

— Vos fesses, pour être précis.

Il se souvenait encore de ce moment. Il avait pourtant fait de son mieux pour oublier que Tavistock était une femme. Mais, ce soir-là, il n'avait pas pu l'ignorer – pas alors qu'elle s'apprêtait à entrer dans l'un des *Gentlemen's clubs* les plus célèbres de Londres.

Instinctivement, Viola tira sur les pans de son manteau, comme pour s'assurer qu'il la couvrait suffisamment.

— Vous vous étiez penchée, clarifia-t-il. Et, à votre décharge, j'ai un sens aigu de l'observation…

— Quelqu'un d'autre est-il au courant ?

— Pas à ma connaissance. Je n'en ai parlé à personne.

Qu'aurais-je pu dire, de toute façon ? *Avez-vous remarqué les fesses magnifiques de Tavistock ?*

— Et pourtant, vous n'allez pas vous gêner pour le dire à mon frère maintenant ? demanda-t-elle avec une légère agressivité.

— Pourquoi ? N'est-il pas déjà au courant ?

Il posa la question, mais il connaissait la réponse. Depuis qu'il avait compris que Tavistock était une femme, il avait remarqué qu'elle et le duc d'Eastleigh parlaient souvent à voix basse. Il s'était alors rendu compte de la ressemblance qu'il y avait entre eux. Notamment, ils avaient le même menton.

— Si. Mais il ne sait pas que je suis venue ici.

Elle le dévisagea en plissant les yeux.

— Vous n'allez pas le lui dire, n'est-ce pas ?

— Non, même si je le devrais probablement. C'est l'un de mes amis les plus proches, vous savez… Mais rassurez-vous, je tiendrai ma langue, s'empressa-t-il d'ajouter avant qu'elle ne puisse protester. À la condition que vous me laissiez vous raccompagner chez vous afin que je sois certain que vous n'entriez pas… Où habitez-vous ?

— Berkeley Square, répondit-elle avec sa voix normale.

Jack arrêta un fiacre et indiqua la direction au cocher pendant qu'elle montait dans le véhicule. Puis il monta à son tour et s'installa en face d'elle.

— Êtes-vous certain que personne d'autre ne le sait ? demanda-t-elle les bras croisés.

— Non, je ne suis pas *certain*. Comme je vous l'ai dit, je n'en ai jamais parlé avec qui que ce soit. Je me vois mal dire à l'improviste : « *Au fait, saviez-vous que Tavistock est en réalité la sœur du duc d'Eastleigh ?* »

Jack rit en imaginant la scène.

— En tout cas je ne pense pas que Pennington se doute de quoi que ce soit. Sinon, il ne vous aurait pas proposé de

boire du cognac avec vous... D'ailleurs, s'il ne vous avait
pas invitée, comment aviez-vous prévu d'entrer ?

Elle lui lança un sourire. En tant que Tavistock, elle
souriait peu, car il était impossible de ne pas s'apercevoir
qu'elle était une femme. Une femme séduisante, d'ailleurs.
Jack le savait pour l'avoir souvent croisée en tant que Lady
Viola.

— J'aurais attendu qu'un groupe d'habitués se présente,
et je serais entrée avec eux.

— Cela aurait pu fonctionner, c'est vrai, admit-il,
impressionné par sa prévoyance – sa fausse identité
demandait de toute évidence une grande capacité de planifi-
cation et de persévérance. Mais vous auriez aussi pu être
immédiatement découverte et jetée dehors. Vous savez
qu'il faut absolument être membre du club, ou être invité
par l'un des membres, pour pouvoir y entrer...

— Bon à savoir. La prochaine fois, je dirai que je suis
votre invité !

Décidément, non seulement Lady Viola avait de remar-
quables capacités de travestissement, mais elle avait aussi
de la répartie !

— Vous n'avez quand même pas l'intention d'essayer à
nouveau ?

— Bien sûr que si ! Je suis journaliste, et Pennington
m'a alertée sur une histoire que je dois suivre pour mon
journal.

Jack se souvint de ce qu'elle avait dit plus tôt.

— Qu'est-ce que vous a dit Pennington ?

Viola hésita un instant, puis décida de lui dire la vérité.

— Tout à l'heure, au *Duc Fringant*, il a évoqué une
rumeur au sujet d'un député qui aurait aidé les radicaux.

— Ne prêtez pas attention aux rumeurs, lui conseilla
Jack. Surtout lorsqu'elles sont aussi stupides que celle-là.
Beaucoup de députés sont d'accord avec les revendications

des radicaux, moi y compris, même si nous ne le disons pas ouvertement.

— C'est vrai, mais l'un d'entre eux les a, semble-t-il, aidés de manière concrète.

Jack se pencha légèrement en avant avec intérêt.

— Quelle genre d'aide ?

— Je ne sais pas encore, répondit-elle en inclinant la tête sur le côté. Malheureusement, vous m'avez empêchée de le découvrir. J'étais en pleine enquête, figurez-vous !

— En pleine *quoi* ? ricana Jack. Vous n'êtes pas sérieuse ? Vous ne pouvez pas vouloir mener une enquête sur cette affaire… ?

Pourtant, c'était bien son intention.

Elle croisa à nouveau les bras et fronça les sourcils, son regard indigné et sombre assorti à la couleur de sa perruque.

— Pourquoi, parce que je suis une femme ?

— Ce n'est pas ce que j'ai dit. Mais… Oui, en partie.

— Vous ne valez pas mieux que tous ces idiots de la *Gazette des femmes.*

— Pourquoi ? N'écrivez-vous pas pour la *Gazette des femmes* ? s'étonna-t-il.

— Si, mais sous le nom de S. D. Tavistock. Jamais ils ne m'auraient engagée en tant que Viola. Remarquez, c'est vrai, comment une femme pourrait-elle écrire pour un journal qui s'adresse aux femmes ? fit-elle mine de s'offusquer en levant les mains en l'air.

— Je ne dis pas que vous ne devriez pas enquêter, mais que ce sera difficile pour vous, précisa-t-il.

Elle ouvrit la bouche pour parler, mais il l'interrompit.

— Oui… en tant que femme.

Viola sembla contrariée et serra la mâchoire.

— Vous avez malheureusement raison. Ce sera difficile.

C'est pourquoi c'est d'autant plus frustrant que vous m'ayez empêchée d'aller au *Brooks* ce soir.

— Je ne regrette rien…

— Le contraire m'aurait étonnée ! siffla-t-elle. Vous êtes comme tous les hommes : vous pensez que vous avez le droit de commander une femme. Mais je ne suis pas votre sœur, et encore moins votre épouse !

— Dieu merci ! Je n'ai besoin ni de l'une ni de l'autre.

— Et moi je n'ai pas besoin d'un mari ! rétorqua-t-elle.

Exaspérée, elle détourna le regard et fixa la route, tandis qu'ils approchaient de Berkeley Square.

— Je n'ai jamais eu l'intention de vous commander, dit-il d'un ton plus doux. J'ai simplement voulu vous éviter une catastrophe.

— Trop aimable ! répondit-elle avec sarcasme.

Sensible à sa déception, Jack tenta de se mettre à la place de Viola. Cela devait en effet être frustrant de ne pas être libre uniquement parce que l'on était une femme…

— Et si je vous aidais dans votre enquête ?

Elle lui jeta un coup d'œil latéral.

— Pourquoi feriez-vous cela ?

— Parce que cela me permettrait de m'assurer que vous ne courez aucun danger. Et puis je pourrais vous aider à accéder à certains lieux…

Il n'était pas sûr de vouloir l'emmener au *Brooks*, même en tant qu'invité. Mais il se promit d'y réfléchir.

Elle lui lança un regard étonné.

— Ou peut-être voulez-vous, vous aussi, découvrir qui est ce député ?

Elle ne pensait pas si bien dire !

— Je dois avouer que je suis curieux. Mais, je dois vous prévenir, je doute que cette rumeur soit vraie…

Lorsque le fiacre s'arrêta à Berkeley Square, Viola tendit

la main vers la porte au même moment que Jack et ses doigts effleurèrent les siens. Ils retirèrent tous les deux leurs mains précipitamment, comme s'ils venaient de se brûler, et se regardèrent dans les yeux un bref instant. Jack ressentit alors une chaleur en lui – un sentiment qui lui fit peur.

— Où se trouve votre maison ? demanda-t-il, détournant les yeux pour éviter de croiser son regard, et ne pas aggraver son trouble.

— De ce côté-ci. Je n'ai pas indiqué le numéro car je n'aime pas descendre juste devant ma porte. Je passe par les écuries pour pouvoir me changer avant d'entrer.

— La douairière n'est pas au courant de votre mascarade ?

Jack connaissait bien la grand-mère de Viola, la redoutable duchesse d'Eastleigh. Il l'avait rencontrée à plusieurs reprises.

— Absolument pas, et elle ne le sera jamais.

La porte du fiacre s'ouvrit et le cocher tendit la main à Viola pour l'aider à descendre. Elle sauta à terre, suivie de Jack qui paya la course avant qu'elle n'ait le temps de le faire elle-même.

— Vous n'aviez pas à régler, lui dit-elle, sur la défensive, tandis que le cocher reprenait sa place.

— Je n'ai pas non plus à vous raccompagner chez vous, mais je vais pourtant le faire. Ce n'est pas une obligation, mais un devoir...

Le fiacre s'éloigna, laissant Viola seule avec Jack, dans une rue uniquement éclairée par le lampadaire au-dessus d'elle.

— Je suis rentrée seule chez moi un nombre incalculable de fois sans votre supervision, vous savez…

— Peut-être. Mais si, par malchance, il devait vous arriver quelque chose ce soir, je m'en voudrais toute ma vie de vous avoir laissée rentrer seule. Votre frère aussi, je suis sûr.

— Val ne saura pas que nous étions ensemble, à moins que vous ne le lui disiez, répondit-elle en le défiant du regard. Mais vous m'avez assuré que vous ne le feriez pas...

— Et je tiendrai parole, confirma-t-il.

Il la regarda dans les yeux avec un sourire sincère.

— Faisons une trêve, voulez-vous ? reprit-il. J'aimerais beaucoup vous aider à découvrir si un député est mêlé aux radicaux. M'autorisez-vous à le faire ?

— Demandé si gentiment... répondit-elle en souriant à son tour. Et puis, j'imagine que votre aide pourra m'être précieuse. En revanche, reprit-elle d'un air plus sérieux, promettez-moi solennellement de m'informer de tout ce que vous entendrez, et de ne pas essayer de m'empêcher de publier mes conclusions.

— C'est ce que vous comptez faire ?

— Bien sûr ! Comme je vous l'ai dit, je suis une journaliste et la vérité compte plus que tout pour moi. Je tiens à écrire quelque chose de plus que les observations d'un *gentleman* londonien...

— Un *gentleman* qui n'en est pas vraiment un... lui fit-il remarquer en riant.

Elle lui sourit à nouveau, et il vit, cette fois encore, la femme séduisante et radieuse qui se cachait sous le déguisement. La même chaleur que précédemment l'envahit.

Puis Viola tourna les talons et se dirigea vers les écuries qui longeaient l'arrière des maisons. Avant d'y entrer, elle s'arrêta et lui fit face.

— Je crains que vous ne puissiez pas m'accompagner plus loin, murmura-t-elle. Je ne veux pas prendre le risque qu'on me voie avec vous.

— Quelqu'un sait que vous êtes Tavistock, donc ?

— Oui, notre cocher et ma femme de chambre. Mis à

part Val et sa femme, et l'associé de Val, le duc de Colehaven, ils sont les seuls à le savoir. Avec vous, désormais.

— Je garderai votre secret, je vous le promets, lui
assura-t-il. Sauf si je dois un jour le révéler pour votre
sécurité.

— Je comprends. Je voudrais continuer mon enquête
demain soir. Pouvez-vous me retrouver au *Duc Fringant* ?
Nous pourrons alors définir une stratégie.

— Je ne peux pas demain soir. Seriez-vous disponible
après-demain, plutôt ?

— Je vous retrouverai là-bas, dit-elle simplement en se
retournant.

Puis elle hésita et le regarda à nouveau.

— Je m'excuse si je me suis montrée un peu revêche,
dit-elle doucement. C'est que, pour la première fois depuis
longtemps, j'étais enthousiasmée par la perspective d'écrire
quelque chose qui aurait pu avoir de l'importance.

— Et je vous en ai empêchée…

Elle acquiesça.

— Cependant, je comprends vos raisons et vous en
remercie. Vraiment…

Puis elle se retourna et s'éloigna.

— J'attends après-demain avec impatience, lui lança
-t-il.

Il était heureux à l'idée de la revoir, mais avait-il vraiment le temps d'aider une journaliste zélée ? Il le prendrait… Il avait sincèrement hâte de savoir si la rumeur
dont elle lui avait parlé était fondée.

Alors qu'il marchait à la recherche d'un fiacre, il réfléchit à ce qu'elle lui avait dit au sujet de la publication de ses
découvertes. La *Gazette des femmes* serait-elle réellement
prête à publier un article politique, concernant les radicaux, qui plus est ?

La période était trouble, avec la promulgation récente

de la loi sur les réunions séditieuses, et l'instauration du Comité du secret. Sans parler de l'attaque contre le prince régent. Beaucoup de collègues de Jack avaient peur, quand d'autres étaient indignés.

Lorsque Jack trouva un fiacre, il lui demanda de le conduire au *Duc Fringant*. Peut-être pourrait-il y glaner quelques informations ? Avec un peu de chance, Eastleigh ne serait pas là... Jack se sentait mal à l'aise à l'idée de ne pas lui parler de Lady Viola ; pourtant, il lui avait promis de ne rien dire et il était un homme de parole.

Et puis, surtout, il avait hâte de travailler avec elle.

Prendre conscience de cela le surprit presque autant que lorsqu'il l'avait vue à l'extérieur du *Brooks*. Lady Viola ne ressemblait à aucune femme qu'il avait rencontrée, et il devait admettre qu'elle l'intriguait. Et pas seulement en raison de son joli derrière...

CHAPITRE 3

— *J*e suis contente que tu aies décidé de venir avec moi ce soir, déclara sa grand-mère alors que la voiture arrivait devant la maison de Sir Poole.

— C'est juste une soirée, minimisa Viola avec une pointe de surprise dans la voix.

« Contente » était un terme que la douairière n'utilisait jamais. Elle était de nature plutôt austère et détachée. À l'extérieur, en tout cas. Car, en réalité, elle adorait ses petits-enfants et plaçait la famille au-dessus de tout. Il suffisait d'ailleurs de regarder avec quelle amabilité elle avait accueilli Isabelle dans leur famille, lorsqu'elle avait épousé Val, quelques mois auparavant.

— Ce n'est pas seulement un *soirée*, ma chère, insista sa grand-mère. C'est une opportunité pour toi de trouver un mari…

Viola se sentit prise de panique. Elle n'avait aucune envie d'évoquer ce sujet maintenant.

— Grand-mère, je ne suis pas digne d'épouser un homme !

— Veux-tu bien cesser de dire des bêtises ? C'était il y a cinq ans, maintenant. Tout le monde a oublié ce scandale. La preuve, tu es à nouveau invitée presque partout.

Parce qu'elle était la petite-fille de l'effrayante duchesse douairière d'Eastleigh. Sans cela, Viola serait toujours considérée comme une paria. Ce qui était d'ailleurs plus ou moins le cas…

La porte de la voiture s'ouvrit, empêchant Viola et sa grand-mère de continuer la conversation. Pour l'instant. Car Viola savait que sa grand-mère ne manquerait pas d'y revenir. Elle aborderait le sujet de manière directe en privé et, en public, veillerait à ce que Viola rencontre des hommes et qu'elle se montre sous son meilleur jour. C'était un désastre ! Elle devait absolument convaincre sa grand-mère qu'elle ne pouvait pas se marier.

Elle ne se marierait *pas !*

Val l'aiderait. Probablement. Peut-être. Après avoir lui-même subi, pendant des années, l'insistance de leur grand-mère pour qu'il se marie, il compatirait certainement… Ou peut-être hausserait-il simplement les épaules en s'amusant de la situation ?

Non, il ne ferait pas ça. Il comprenait pourquoi elle avait annulé son mariage alors que l'église était pleine d'invités. Il l'avait d'ailleurs toujours soutenue, et continuait de le faire.

— N'oublie pas ce que je t'ai dit ! lui murmura sa grand-mère alors qu'elles approchaient de la porte d'entrée de la maison. Il y aura des célibataires…

Elle avait choisi le bon moment pour lui rappeler cet élément agaçant, car Viola n'eut pas le temps de répondre : le majordome les accueillit à la porte et les guida à l'intérieur. Elles donnèrent leurs châles à un valet de pied et montèrent les escaliers jusqu'au salon.

Des journaux, des caricatures et des objets naturels que

Sir Poole avait rapportés d'un récent voyage dans les Hébrides extérieures, au large de l'Écosse, étaient dispersés un peu partout dans la pièce. Viola repéra des cailloux et des coquillages, et même une bouteille en verre remplie de sable. Elle avait accepté de venir, car ce devait être une « soirée-conversation » et qu'elle espérait pouvoir discuter avec les nombreux amis de Sir Poole qui étaient à la Chambre des communes. Peut-être lui apprendraient-ils quelque chose sur le fameux député ayant aidé les radicaux ?

— Trouve-moi une place, s'il te plaît, lui demanda discrètement sa grand-mère.

— Bien sûr ! répondit Viola en l'escortant jusqu'à une table au centre de la pièce, où elle pouvait voir et être vue. Est-ce que ça vous va ?

— C'est parfait, merci ! confirma sa grand-mère, en s'installant sur une chaise et en prenant soin d'arranger sa jupe pour qu'elle tombe joliment autour de ses jambes et ses pieds. Oh, il y a Valentine et Isabelle ! fit-elle remarquer à sa petite-fille en regardant vers la porte.

Viola se retourna, et aperçut en effet son frère et sa belle-sœur venir vers eux. Elle était doublement contente d'être venue !

— Bonsoir, dit Val avec une pointe de surprise. Je ne savais pas que tu serais ici, s'étonna-t-il, Viola n'accompagnant que rarement sa grand-mère aux soirées londoniennes.

— Tu sais que j'aime les soirées-conversation, rétorqua Viola en haussant les épaules.

Valentine arqua un sourcil, visiblement étonné de ce que venait de lui dire sa sœur, mais ne dit rien.

— Je suis très contente que vous soyez ici, déclara Isabelle. Je suis toujours un peu mal à l'aise, à ce genre de soirée, ajouta-t-elle en baissant la voix.

Ancienne gouvernante, Isabelle avait hésité à devenir duchesse. Mais son amour pour Valentine l'avait emporté, et elle était devenue l'une des hôtes les plus courues de la ville. Lorsqu'elle assistait à un bal ou à une soirée, l'hôtesse devenait instantanément populaire à son tour. Ce phénomène amusait d'ailleurs beaucoup Viola et Isabelle.

— Tu ne devrais pas, la rassura grand-mère. Tu es la star de Londres, cette saison. Avec lady Penelope… À ce propos, a-t-elle trouvé un fiancé ?

Viola et Isabel clignèrent des yeux. Comme si l'une d'elles savait. Viola *aurait dû* savoir puisqu'elle était journaliste dans un journal de potins, mais elle n'écrivait que sur les hommes. À sa connaissance, personne n'avait fait d'offre à Penelope.

— Je ne sais pas. Je n'ai entendu parler de rien, en tout cas, déclara Viola. Peut-être qu'elle sera là ce soir puisqu'il semble que beaucoup de célibataires soient invités, fit-elle remarquer.

Seule sa grand-mère perçut la pointe de sarcasme dans la voix de sa petite-fille mais ne dit rien, se contentant de lui lancer un regard réprobateur, avant de tourner son attention vers Val.

— Alors, où en est la bibliothèque publique ?

Val regarda sa femme en souriant.

— Vous devriez demander à Isabelle, car c'est elle qui s'occupe absolument de tout.

— Ce n'est pas vrai, minimisa Isabelle avec un léger rire. Vous me conseillez beaucoup sur les livres qui doivent être sur les étagères…

— C'est vrai, confirma Val. C'est d'ailleurs assez difficile de ne pas tous les acheter !

Viola était ravie de voir son frère si heureux. Il avait été secrètement profondément amoureux d'Isabelle pendant près de dix ans avant de l'épouser. Depuis qu'ils étaient officiellement ensemble, il semblait épanoui, et pleinement lui-même. C'était beaucoup plus difficile pour les femmes, et pas uniquement parce qu'elles étaient plus nombreuses que les hommes en raison de la guerre. Isabelle avait eu beaucoup de chance de trouver un homme comme Val.

Au bout de quelques minutes, Val quitta les femmes de sa famille pour rejoindre un autre gentleman. Il fut alors remplacé par l'amie la plus chère de leur grand-mère, Lady Dunwich. Grâce à sa présence aux côtés de sa grand-mère, Viola eut l'impression qu'elle pouvait s'éloigner et serpenter entre les tables – ce qu'elle fit, accompagnée d'Isabelle.

— Donc, ces cailloux et ces coquillages viennent de...

Isabelle se pencha vers la table pour lire la carte.

— ...*Arran*, lut-elle. Nous allons devoir en discuter ?

— Oui, je crois que tous ces objets doivent initier la conversation. Tout comme les journaux et les caricatures.

Isabelle inclina la tête vers la caricature sur la table devant elles, représentant deux femmes portant des chapeaux bizarres.

— Je ne sais pas quoi dire à ce sujet, à part que je n'ai jamais vu de tels chapeaux !

— C'est normal. Ces chapeaux n'existent pas vraiment, ni des femmes comme celles-ci d'ailleurs !

L'une était très grande et excessivement mince, tandis que l'autre était trapue et incroyablement ronde.

— Et ceci est censé susciter une discussion intéressante ? s'étonna Isabelle. Si j'avais été l'organisatrice de la soirée, j'aurais placé des livres sur les tables. Les gens ont toujours beaucoup à dire sur les livres !

— Je suis tout à fait d'accord avec vous, dit Viola avec enthousiasme.

Puis elle jeta un coup d'œil en direction de sa grand-mère pour la surveiller, comme elle le faisait souvent lorsqu'elles sortaient ensemble. Deux hommes étaient en train de parler avec elle et son amie. Sa grand-mère se tourna vers Viola, imitée par les hommes.

— Ce n'est pas vrai ! s'exaspéra Viola entre ses dents.

— Qu'est-ce qui ne va pas ? s'inquiéta Isabelle.

— Ma grand-mère a décidé qu'il était temps que j'envisage le mariage. On dirait qu'elle est en train de me vendre aux deux hommes qui discutent avec elle.

Avec un léger gémissement, elle tourna le dos au groupe.

— Laisse-moi te sauver, murmura Isabelle, amusée, en la prenant par le bras pour l'escorter jusqu'à un coin éloigné de la pièce.

Viola éclata de rire.

— Juste au moment où je pensais qu'il m'était impossible de t'aimer davantage, tu me prouves le contraire. Merci !

— Ne m'en veux pas de te poser la question, mais pourquoi venir ce soir si tu savais que ta grand-mère voulait jouer les entremetteuses ?

— Je ne le savais pas jusqu'à ce que nous arrivions, déplora Viola. En plus, je n'avais pas prévu de venir… Mais j'ai finalement changé d'avis en me disant que je pourrais peut-être avoir des informations utiles pour ma chronique.

Viola avait parlé à Isabelle de sa fausse identité. Non seulement parce qu'elle s'était doutée que Val n'aurait pas caché quoi que ce soit à sa femme, mais aussi parce qu'elle s'était sentie soulagée de pouvoir se confier à une amie.

— Je comprends, mais comment diras-tu que tu as entendu quoi que ce soit ici, puisque Tavistock n'est pas présent ?

— Je dirai que l'un de ses amis était ici, mais que je ne peux pas révéler son identité.

— Je suis tellement impressionnée que tu sois capable

de faire ça ! s'extasia Isabelle avec un léger sourire. À ta place, je n'y arriverais même pas le temps d'une soirée !

— Je me suis beaucoup préparée, expliqua Viola. Pendant plusieurs jours, je me suis promenée en ville en tant que Tavistock avant d'avoir le courage d'aller au *Duc Fringant*.

— Pourtant, cela semble si facile lorsque tu en parles… s'étonna Isabelle. Et tu y arrives d'ailleurs parfaitement. Cela fait maintenant deux ans, et personne n'a jamais découvert ton identité !

Ce n'était pas tout à fait le cas, mais Viola ne dit rien. À la place, son regard fut accaparé par Jack Barrett qui entra dans la pièce. Elle eut le soufflé coupé : non seulement parce qu'il était arrivé juste au moment où elle était en train de parler de lui avec Isabelle, mais aussi parce qu'elle le trouva absolument magnifique. Ses cheveux noirs et ondulés plaqués en arrière mettaient en valeur ses traits fins et harmonieux, et ses sourcils bruns épais faisaient ressortir ses yeux marron. Lorsqu'il souriait, des fossettes creusaient ses joues, mais, cette fois, il ne souriait pas. Il scrutait la pièce, jusqu'à ce qu'il l'aperçoive et que son regard se pose sur elle, comme s'il avait enfin trouvé ce qu'il cherchait.

Il planta son regard dans le sien, et un frisson la parcourut. Elle était tellement habituée à s'effacer ou à se faire passer pour un homme que cela faisait longtemps qu'elle ne s'était pas sentie… *femme*. Mais, très vite, Jack détourna le regard et se dirigea vers l'une des tables à l'autre bout de la pièce. Viola ressentit une pointe de déception mais, après tout, pourquoi serait-il venu vers elle ?

— Oh, regarde, il y a Diana ! Allons lui parler ! lança Isabelle en se dirigeant vers leur amie, la duchesse de Colehaven.

Elle et Isabelle s'étaient beaucoup rapprochées ces dernières semaines : elles s'étaient toutes deux mariées à quelques semaines d'intervalle, à deux hommes qui étaient meilleurs amis – elles se voyaient donc beaucoup et se retrouvaient chaque fois avec un immense plaisir.

Viola se joignit à elles, mais ne cessa de regarder dans la direction de Jack Barrett, qui se tenait, en compagnie d'autres convives, près de la table au centre de laquelle se trouvait la bouteille remplie de sable. Vêtu d'un costume noir trois pièces parfaitement ajusté, elle le trouvait à la fois terriblement intimidant et séduisant, et ne pouvait détacher son regard de lui.

Pourtant, il agissait comme s'il n'était pas conscient de sa présence. Pourtant, il l'avait regardée droit dans les yeux. L'ignorait-il volontairement ? C'était probablement une stratégie, mais elle ne pouvait s'empêcher d'être agacée d'être ainsi ignorée.

— Pardonnez-moi, murmura-t-elle avant de se diriger lentement vers la table à côté de celle où se tenait Jack Barrett.

Elle ramassa un coquillage et le porta à son oreille.

— Entendez-vous la mer ?

Avec satisfaction, elle reconnut la voix de Sir Barrett. Elle tourna la tête ; c'était en effet lui. Elle se sentit comme envoûtée.

— Oui, répondit-elle simplement en lui tendant le coquillage.

Il le porta à son oreille, et afficha un demi-sourire, faisant fondre Viola.

— C'est magique, dit-il en remettant le coquillage sur la table.

— C'est en fait le bruit environnant qui se concentre dans le coquillage et qui rebondit jusqu'à notre oreille, l'informa Viola – regrettant aussitôt d'avoir dit une chose aussi factuelle, qui rompait la magie du moment.

— Je sais ce que c'est. Mais j'aime penser que c'est la mer. Je n'y suis pas allé depuis tellement longtemps...

— Moi non plus...

— Pourtant, j'aime son immensité et le déferlement sans fin des vagues sur le rivage, murmura-t-il. Cela me rappelle à quel point notre monde peut être à la fois si compliqué et si simple.

— C'est assez contradictoire, dit-elle en ramassant un caillou qui avait été parfaitement poli par les vagues que Jack venait d'évoquer.

— Mais la vie est pleine de contradictions, ne trouvez-vous pas, *Lady* Viola ?

Elle réprima l'envie de sourire, comprenant son allusion à son déguisement de Tavistock.

— Peut être, en effet... C'est donc pour cela que vous n'étiez pas disponible ce soir ? demanda-t-elle doucement, revenant à une conversation moins philosophique.

— Exactement. Mais il semble que vous n'étiez pas disponible non plus.

Elle reposa le caillou et fit le tour de la table pour mettre de la distance entre eux et les autres invités.

— Je n'avais pas prévu de venir ce soir, mais je me suis dit que cela me permettrait peut-être d'en apprendre davantage sur notre... projet.

— Notre projet, répéta-t-il doucement en hochant la tête. Nous devrions peut-être définir une stratégie pour demain soir. Je veillerai à ce que Pennington soit là.

— Ce serait merveilleux ! Je pense en effet qu'il peut nous en apprendre beaucoup. J'aimerais notamment qu'il nous dise comment il a entendu parler de cette rumeur...

— Très bien. Pennington aime parler ; cela ne devrait donc pas être trop difficile.

Viola était certaine que Jack disait vrai, mais elle était résolue à ne rien laisser au hasard.

— S'il est moins disert que d'habitude, il nous suffira de lui servir quelques bières…

— Vous voulez le saouler ? s'étonna Sir Barrett, amusé.

— Uniquement s'il nous y oblige, rétorqua Viola en levant une épaule.

— Vous êtes diabolique ! dit Jack avec un petit rire. J'aime beaucoup cela, ajouta-t-il en la regardant dans les yeux. Dites-moi, Lady Viola, avez-vous déjà été ivre ? J'imagine que oui, compte tenu de vos fréquentes visites au *Duc Fringant*.

— Je fais toujours attention à ne pas trop boire, temporisa-t-elle. D'ailleurs, cela m'empêche de terminer la merveilleuse bière de Colehaven, regretta-t-elle. Ce qui est un crime…

Jack éclata de rire.

— C'est vrai qu'elles sont délicieuses…

— Pour répondre à votre question, il m'est déjà arrivé d'être ivre.

Elle le regarda en plissant les yeux avec une moue narquoise.

— Cependant, ce n'est pas une question que vous devriez poser à une dame.

— Je suis désolé, murmura-t-il. J'aurais dû dire : « Dites-moi, Tavistock, avez-vous déjà été ivre ? ».

Ses yeux brillaient d'une joie évidente – une joie communicative qui gagna Viola.

— Non ! répondit-elle en inclina la tête sur le côté, d'un air impertinent.

— Donc, vous avez été ivre en tant que Lady Viola, mais pas en tant que Sir Tavistock ?

Il l'étudia attentivement, et elle sentit des papillons naître dans le bas de son ventre.

— Fascinant… murmura-t-il.

— Ça ne m'est arrivé qu'une seule fois ! se défendit-elle. Juste pour voir ce que cela faisait…

— Bien sûr… vous êtes une femme jusqu'au-boutiste, s'amusa-t-il.

Malgré son sarcasme, elle se sentit flattée.

— C'est en effet une excellente façon de me décrire ! déclara-t-elle avec un large sourire.

Elle réfléchit à la manière dont elle pourrait le décrire, lui, mais elle ne trouva pas. Pas encore. Mais ils allaient probablement passer beaucoup de temps ensemble – à moins qu'ils n'élucident le mystère dès le lendemain soir. Elle espéra que non : elle se réjouissait de jouer aux détectives avec Sir Barrett. Même si, elle le savait, cela ne voulait rien dire : il cherchait simplement à découvrir la vérité sur cette affaire, rien de plus.

— Donc, nous nous retrouvons demain soir ? demanda Sir Barrett. Pennington et moi sommes en réunion à Westminster dans la journée ; je l'amènerai lorsque nous aurons terminé.

— J'attendrai ! répondit Viola.

Elle était enthousiaste, mais cela était uniquement à l'idée de commencer l'enquête. Du moins tenta-t-elle de s'en convaincre.

— À plus tard ! dit-il doucement en inclinant la tête, avant de s'éloigner.

Alors qu'elle le suivit du regard, elle tomba sur sa grand-mère qui lui fit signe de s'approcher d'elle.

Viola s'arma de courage, certaine qu'elle allait entendre parler des célibataires présents. Elle allait devoir prendre son mal en patience… Elle en profiterait pour penser à la conversation qu'elle allait pouvoir avoir avec Pennington le lendemain, et non à quel point elle avait hâte de revoir Jack Barrett.

CHAPITRE 4

— Ne pensez-vous pas que Falworth est déraisonnable ? demanda Jack, toujours en colère à propos de la réunion que lui et Pennington venaient d'avoir à Westminster.

Ils descendirent du fiacre devant le *Duc Fringant*, Pennington précédant Jack.

— Je ne sais pas s'il est *déraisonnable*, lui fit remarquer Pennington. Disons qu'il a son opinion et qu'il ne voit pas de problème avec nos lois électorales actuelles.

— Ouais… grommela Jack alors qu'ils entraient dans la taverne.

Ils furent accueillis par un brouhaha joyeux.

— Barrett ! Pennington ! s'exclamèrent les habitués déjà présents.

Jack se détendit aussitôt. Entrer au *Duc Fringant*, c'était toujours un peu comme rentrer chez lui. L'atmosphère lui était familière et confortable, même si, bien sûr, il n'y avait pas son père. D'ailleurs, pensa-t-il, cela faisait longtemps – trop longtemps – qu'il ne lui avait pas rendu visite, surtout

depuis qu'il habitait à Isleworth, à seulement une quin-
zaine de kilomètres de Londres.

— Bonsoir, Messieurs !

C'était Lady Viola – Jack était désormais incapable de
considérer Tavistock comme un homme – qui était assise à
une table près de la fenêtre de devant.

La revoir habillée en homme le troubla, en particulier
après l'avoir trouvée si belle la veille au soir. Car Viola était
vraiment belle : blonde, les yeux d'un bleu vif, et les traits
fins. Comment pouvait-elle berner tout le monde avec
seulement une perruque et de fausses rouflaquettes ? Mais
c'était plus que cela, réalisa-t-il en la regardant attentivement. Elle tenait sa bouche différemment, faisant en sorte
de diminuer le volume de ses lèvres, et fermait à moitié ses
yeux. Jack fut impressionné par sa capacité à se
transformer...

— Tavistock, n'étiez-vous pas déjà ici l'autre soir ? lui
demanda Pennington en se dirigeant vers sa table. C'est
rare de vous voir ici deux fois dans la même semaine...

Lady Viola haussa les épaules en soulevant sa chope.

— Il faut croire que j'aime bien l'ambiance du *Duc Fringant*, répondit-elle d'une voix grave.

Jack eut soudain l'impression d'être dans l'intimité d'un
secret partagé uniquement par peu de privilégiés. C'était
presque excitant et drôle – même si, pour elle, ce n'était
pas une blague. Elle avait adopté le personnage de Tavistock pour des raisons très précises. Des raisons qui néces-
sitaient qu'elle ne soit pas Lady Viola. Cela lui parut fou,
tout à coup, qu'elle soit forcée de faire semblant d'être
quelqu'un d'autre pour pouvoir écrire pour la *Gazette des
femmes*.

Marie, l'une des serveuses déposa pour eux deux
chopes de bière à la table de Lady Viola.

— Je vous ai servi la porter. Je sais que c'est votre préférée, dit-elle à Jack avec un clin d'œil, avant de disparaître.

— Alors, quoi de neuf ? demanda Lady Viola, le regard fixé sur Pennington, qui buvait une longue gorgée de bière.

— Rien de particulier, sinon que j'essaye de calmer Barrett, plaisanta Pennington, avec un sourire en direction de Jack. Il est irascible ces jours-ci !

— N'importe qui avec un minimum de conscience devrait l'être, marmonna Jack avant de boire une gorgée de sa porter.

Elle était délicieuse – exactement ce dont il avait besoin.

— Il y a de l'électricité dans l'air, déclara Lady Viola avec diplomatie.

— C'est vrai. C'est d'ailleurs ce qui a conduit Cobbett en dehors du pays ! lança Pennington en arquant les sourcils et en portant sa chope à ses lèvres.

La mention de William Cobbett suscita l'inquiétude de Jack, et il jeta un coup d'œil à Lady Viola de l'autre côté de la table. Cobbett était le directeur d'un journal à tendance radicale particulièrement populaire auprès de la classe ouvrière. Il s'était récemment enfui en Amérique car il savait qu'il était sur le point d'être arrêté pour sédition. Comme il avait déjà passé du temps en prison pour diffamation il y a quelques années, il avait probablement pris la bonne décision.

Jack ne pouvait qu'espérer que Lady Viola se montrerait également raisonnable. Il devrait s'en assurer. Elle avait raison : l'air était électrique et il était facile de se mettre dans l'ennui…

Pennington se pencha sur la table et regarda de Lady Viola et Jack dans les yeux.

— La marche de Manchester est très révélatrice, dit-il à

voix basse. La classe ouvrière est en colère et veut être entendue !

— Et pourtant, nous leur avons interdit de se réunir et d'organiser un moyen de se faire entendre ! répondit Jack d'un ton sardonique.

Pennington lui lança un regard acéré.

— Faites attention à ce que vous dites, Barrett. Pas avec moi, bien sûr, ajouta-t-il d'un air jovial, en se penchant en arrière. Vous pouvez me dire ce que vous voulez, je ne le répéterai pas.

Jack se retint de réagir de manière trop abrupte. Il n'était venu avec Pennington ce soir que pour une seule chose : l'amener à révéler quelques ragots, comme il aimait le faire. Mais il avait raison sur une chose : Jack devait faire attention à ses déclarations. Il avait l'esprit bien plus radical qu'il ne le laissait croire et, parfois, il en disait beaucoup trop.

— Sir Humphrey ! Caldwell !

En entendant le chœur de salutations joyeuses, Jack tourna la tête et aperçut les deux nouveaux arrivants, en buvant une gorgée de sa porter. Sir Humphrey et Caldwell étaient deux de ses principaux opposants au Parlement, notamment au sujet de la réforme contre laquelle ils étaient. Ils représentaient des bourgs qui n'avaient pas besoin d'être représentés – du moins pas au niveau actuel. Pourquoi le bourg de Caldwell devait-il avoir deux députés pour sept pauvres électeurs alors que d'autres bourgs avaient également deux députés mais pour des milliers d'électeurs ?

Naturellement, Sir Humphrey et Caldwell s'assirent à leur table. Jack étouffa un grognement et, cette fois, vida sa chope. Bon sang, il était pourtant censé saouler Pennington, pas lui-même !

Lorsque Mary apporta deux chopes pour Sir

Humphrey et Caldwell, il lui demanda d'apporter également une tournée de cognac pour tout le monde. Son regard croisa celui de Lady Viola qui hocha imperceptiblement la tête.

— C'est très généreux de votre part, Barrett, dit Pennington.

— Je me suis dit que nous l'avions bien mérité, après la journée que nous venons de passer…

— Tout à fait d'accord, lança Sir Humphrey en levant sa chope. Merci beaucoup, Barrett !

Pennington fronça les sourcils et secoua la tête.

— Nous ne faisons que discuter de la situation du pays… C'est tellement compliqué en ce moment… Vous ne connaissez pas votre chance de ne pas être député ! lança-t-il à Lady Viola en lui posant une main sur l'épaule.

Jack ne put s'empêcher de se crisper. Et si Pennington se rendait compte que Tavistock était une femme en touchant son épaule fragile ? Surtout, il devait admettre que cette familiarité de la part de Pennington le révoltait.

— Je m'en rends compte… répondit Lady Viola en attrapant sa chope afin d'obliger discrètement Pennington à retirer sa main.

Pennington grimaça, puis regarda Sir Humphrey, Caldwell et Jack.

— J'espère que je ne viens pas de vous rappeler vos désaccords ? fit-il mine de s'excuser.

— Vous venez de le faire… lui fit remarquer Sir Humphrey d'un ton amer.

Jack leva sa chope vide comme pour porter un toast silencieux, sans pouvoir boire, évidemment. Heureusement, le cognac arriva. Il en but une gorgée – il ne voulait pas finir ivre ; il devait rester concentré sur Pennington. Quel dommage que Sir Humphrey et Caldwell aient débarqué !

Caldwell sourit d'un air mesquin.

— Ce n'est pas parce que nous ne sommes pas toujours d'accord que nous ne pouvons pas prendre un verre ensemble dans notre taverne préférée. N'est-ce pas, Barrett ?

— Tout à fait !

— Néanmoins, vous devez admettre que Barrett a raison en ce qui concerne les bourgs pourris, poursuivit Pennington, confirmant sa réputation de membre le plus obtus du Parlement.

Car lui ne venait pas d'un bourg pourri. En revanche, Sir Humphrey et Caldwell, eux, si.

— Je propose que nous n'abordions pas ce sujet pour ce soir, trancha sèchement Caldwell.

— Vous représentez Gatton, dans le Surrey, n'est-ce pas ? demanda Lady Viola. Un bourg qui a, quoi, sept électeurs au total ? Et vous, reprit-elle en s'adressant à Sir Humphrey, vous représentez Bramber, dans le Sussex, qui compte peut-être vingt électeurs ?

Sir Humphrey sembla mal à l'aise, comme chaque fois que la question de sa représentativité était soulevée. Clairement, la situation le dérangeait, mais pas suffisamment pour qu'il ait envie de changer quoi que ce soit. Au fond, il était parfaitement heureux dans son siège confortable, qui lui était remis, à chaque élection, par le marquis de Bramber.

— Il me semble que vous n'écrivez pas sur ces sujets ? demanda Caldwell à Lady Viola, la regardant droit dans les yeux.

Aussitôt, Jack fut sur ses gardes. La conversation prenait une tournure dangereuse…

— Je ne fais que m'informer, répondit Lady Viola avec un sourire forcé. Je n'ai pas d'opinion sur le sujet. Mon travail est de fournir des informations.

Jack lui lança un regard appuyé.

— Mais je suis certain que les lectrices de la *Gazette des femmes* ne sont pas intéressées par ces sujets-là…

— En effet, confirma-t-elle, comprenant le message.

Mais Jack entendit la déception dans sa voix. Viola voulait écrire sur des choses importantes, qui présentaient un intérêt pour les gens – ou, du moins, qui auraient dû présenter un intérêt.

— Alors peut-être devrions-nous orienter la conversation sur les sujets qui les intéressent ? suggéra Sir Humphrey avec un sourire, avant de siroter son cognac. Dites-nous, Tavistock : qu'est-ce que veulent savoir les lectrices de la *Gazette des femmes* ?

— Elles aiment savoir ce qui se passe dans des endroits comme ceux-ci, répondit Lady Viola. Je ferai un article sur les boissons qui ont été servies, et la manière dont les clients se divertissent. Comment vous divertissez-vous, d'ailleurs ? demanda-t-elle à son tour à Sir Humphrey.

Ce dernier secoua tristement la tête.

— Le billard. Mais je n'ai malheureusement pas suffisamment de temps pour m'y consacrer comme je le voudrais.

— Alors faisons une partie ! proposa Lady Viola, en se levant, sa chope à la main.

Sir Humphrey la regarda d'un air perplexe, puis finit son cognac cul sec, et posa bruyamment le verre sur la table.

— Allons-y ! s'exclama-t-il en se levant.

— Je viens aussi ! déclara Caldwell.

Il se leva et inclina la tête vers Jack alors qu'il prenait sa bière et son cognac.

— Barrett !

— Caldwell ! répondit Jack, inclinant la tête, comme le faisaient les hommes lorsqu'ils s'adressaient à un opposant.

Alors que le trio s'éloignait en direction de la table de billard, Lady Viola regarda Jack avec les yeux écarquillés, inclinant légèrement la tête vers Pennington, cherchant à lui faire comprendre que c'était le bon moment pour obtenir les informations dont ils avaient besoin, sans la présence de Sir Humphrey et de Caldwell. Il le savait déjà, mais elle était décidément vraiment intelligente.

Jack remarqua également qu'elle n'avait pas touché à son cognac. Parfait ! Il ne lui restait plus qu'à s'assurer que Pennington boive le sien…

Au cours de la demi-heure qui suivit, tous deux parlèrent de chevaux et de courses, leurs regards fréquemment tournés vers le meilleur jockey de la ville, Giles Langford, assis de l'autre côté du salon. Lorsque Pennington eut terminé son cognac, Jack lui suggéra de prendre celui de Tavistock.

— Il va peut-être vouloir le boire après la partie de billard, contesta Pennington.

— Ne vous inquiétez pas… Dans ce cas, je lui en commanderai un autre. Buvez-le ! l'encouragea Jack avec un petit rire.

— C'est un drôle de type, ce Tavistock, vous ne trouvez pas ? lui fit remarquer Pennington en buvant une gorgée de cognac. Je me demande d'ailleurs où il est quand il n'est pas ici. Je ne l'ai jamais vu ailleurs qu'au *Duc Fringant*, à part l'autre soir, au *Brooks*. Je ne savais pas qu'il en était membre.

— Je pense qu'il est aussi membre du *Boodle's*, répondit Jack d'un air vague. Je suis sûr de l'avoir vu là-bas.

Il mentit facilement, se rappelant d'en parler à Lady Viola. Il devrait également lui conseiller à nouveau de faire attention. Si quelqu'un aussi peu perspicace que Pennington avait remarqué son comportement, un esprit plus vif, comme Caldwell, pourrait bien découvrir le pot aux roses. Du moins s'il se mettait à se poser des questions, ce qui – heureusement – semblait ne pas être le cas. Du moins pour le moment. Jack comprenait, à présent, pourquoi Lady Viola veillait à ne pas se montrer trop souvent en tant que Tavistock : elle ne voulait pas attirer l'attention sur elle et il ne pouvait que l'encourager à continuer.

— Vraiment ? fit Pennington d'un air étonné. Je n'avais pas fait attention. Remarquez, il est plutôt agréable, même s'il ne m'a jamais rejoint au *Brooks*, l'autre soir, comme il me l'avait promis. Vous avouerez que c'est une attitude plutôt étrange, ajouta-t-il en fronçant les sourcils.

— Je crains que ce ne soit ma faute, avoua Jack en sirotant son cognac. Nous avons commencé à parler, puis je l'ai entraîné dans un casino.

Il ne savait pas pourquoi il avait ajouté ce détail, mais cela aiderait certainement à rendre son récit plus crédible.

— Elle… Il, se reprit-il, catastrophé, m'a dit en effet, plus tard dans la soirée, qu'il devait discuter avec vous. Au sujet d'une rumeur, il me semble, concernant un député…

Pennington hocha la tête en prenant une autre gorgée de cognac.

— Une rumeur horrible. Je n'aurais probablement pas dû en parler.

— De quoi s'agissait-il exactement ? s'enquit Jack en faisant de son mieux pour avoir l'air détaché.

— Comme je vous l'ai dit, je ferais mieux de ne pas en parler…

Jack ne comptait pas abandonner si facilement.

— Je me souviens maintenant… un député qui aurait aidé les radicaux, c'est ça ? Mais quels radicaux… ? Les Philantropistes spencéens ? Les Hampden ?

— Ça, je ne sais pas…

— Ah… Eh bien, en tout cas, les rumeurs rendent les choses plus intéressantes, n'est-ce pas ? dit Jack, faisant de son mieux pour dissimuler sa frustration avec un rire forcé.

Il trinqua avec Pennington, l'obligeant à finir le verre initialement destiné à Lady Viola. Puis il regarda autour de lui et se pencha vers Pennington.

— L'avez-vous entendue ici ? chuchota-t-il. Peut-être devrions-nous faire attention à ce que nous disons ?

— Pas ici, non. Le *Duc Fringant* est un lieu sûr pour tous ! Non, fit-il en secouant vigoureusement la tête, c'est dans ce pub de St James Street que je l'ai entendue. C'est le meilleur endroit pour se tenir informé des rumeurs. C'est là que la vermine crache son venin ! ajouta-t-il d'une manière qui commençait à ne plus être tout à fait normale.

L'alcool faisait son effet… Jack sauta sur l'occasion.

— J'ai en effet l'impression que beaucoup de députés aiment se retrouver dans cet établissement.

Jack connaissait bien l'endroit. Il y avait passé pas mal de temps dans sa jeunesse, lorsqu'il était avocat, avant de devenir député, suivant à la lettre les traces de son père.

— Avez-vous entendu cette rumeur d'un député, ou de l'un des employés ?

— Ni l'un ni l'autre, balbutia Pennington en haussant les sourcils.

Puis il se pencha maladroitement vers Jack, exhalant son haleine alcoolisée.

— C'était ce notaire qui est toujours assis à la table du coin. Hodges.

Jack faillit exploser de joie. Il connaissait très bien Hodges. Il avait travaillé pour le père de Jack. C'était il y a des décennies, mais il se souviendrait forcément de Jack, et il n'y avait aucune raison pour qu'il ne lui confie pas les mêmes informations qu'il avait données à Pennington. Si tout allait bien, peut-être même qu'il lui en révélerait encore davantage – s'il en savait davantage, évidemment, ce qu'espérait Jack. De toute façon, même si ce n'était pas le cas, il pourrait au moins orienter Jack et Lady Viola dans la bonne direction.

Lady Viola ! La pauvre était en train de supporter Sir Humphrey et Caldwell. Il devait aller la sauver.

— J'ai très envie de jouer au billard ! déclara-t-il en bondissant sur ses pieds.

Il faillit proposer à Pennington de l'accompagner, mais il n'était clairement pas en état.

— Allez-y sans moi, lui dit Pennington en levant la main, avant de la laisser retomber bruyamment sur la table. J'ai besoin d'une autre bière !

Il n'avait visiblement pas besoin d'une autre bière, mais Jack n'allait pas l'en empêcher. Il entra dans la salle de billard, où Lady Viola était en train de l'observer. Jack se dirigea rapidement vers elle et s'arrêta net. L'une de ses rouflaquettes s'était décollée.

— Votre déguisement est en train de tomber, murmura-t-il d'un ton affolé.

*A*ussitôt, elle plaqua sa main sur sa joue et s'aperçut du problème. Ses yeux s'écarquillèrent, et elle se précipita vers la porte du salon privé, quittant la salle de billard sans un mot.

Jack la suivit d'un pas calme et la vit emprunter une porte à l'arrière. Il lui emboîta le pas, et se retrouva avec elle dans une petite pièce de stockage mal éclairée.

Elle se retourna alors qu'il entrait, haletante, puis soupira de soulagement en découvrant qu'il s'agissait de lui. Elle essayait de recoller la rouflaquette, en vain.

— Ça ne tient pas ! gémit-elle.

Il s'avança et tenta de l'aider.

— En effet, elle ne semble pas vouloir coller…

— J'ai de la colle dans ma poche, mais je n'ai pas de miroir.

— Je vais vous aider, la rassura-t-il.

Elle fouilla alors dans la poche de son manteau, et en sortit un petit pot. En ouvrant le couvercle, elle lui montra qu'une brosse était fixée sur le dessous.

— Utilisez ceci pour étaler la colle, expliqua-t-elle en lui tendant le pot.

Jack prit le pot et s'approcha plus près d'elle.

— Désolé, murmura-t-il. Mais il fait tellement sombre, que je ne voudrais pas vous mettre de la colle partout et prendre le risque de coller vos lèvres l'une avec l'autre !

— Mon frère serait sûrement ravi, répondit-elle avec un petit sourire. Je suis certaine qu'il en a rêvé quand nous étions plus jeunes.

Elle rit doucement – d'un rire chaleureux et séduisant –, abandonnant complètement sa voix grave de Tavistock.

— Pouvez-vous pencher légèrement la tête en arrière ? lui demanda-t-il, sa poitrine pratiquement collée à la sienne.

Elle fit ce qu'il lui avait demandé, et l'unique lanterne accrochée au mur projeta sa maigre lumière sur ses pommettes.

— Dois-je n'en mettre qu'un petit peu ?

Elle acquiesça d'abord d'un signe de tête mais cessa de bouger pour ne pas le faire déraper.

— Oui, confirma-t-elle.

— Quel dommage que vous vous couvriez le visage avec ça, dit-il en finissant d'appliquer la colle sur son visage. Est-ce que ça vous fait mal lorsque vous les retirez ?

— Pas vraiment. Je suis habituée, maintenant. Appuyez un moment pour que la colle prenne, lui conseilla-t-elle.

Il replaça la petite brosse dans le pot puis, comme elle le lui avait demandé, il pressa sa main sur la fausse rouflaquette. Son visage proche du sien, il plongea son regard dans celui de Lady Viola. C'était intime, malgré qu'elle soit habillée. Il sentait la chaleur qu'elle dégageait et son parfum délicat – un parfum de femme. Il espérait que personne ne s'était jamais suffisamment approché d'elle pour s'en apercevoir, puis il se souvint de la dextérité avec laquelle elle s'était dégagée de la main de Pennington, plus tôt.

Plus ils se regardaient, plus il touchait sa joue, et plus l'intimité du moment était intense. Il n'avait jamais été aussi conscient de la féminité qu'elle dégageait.

— Je pense que ça devrait aller, dit-elle doucement.

Alors qu'il retirait sa main, il l'imagina sans ses roufla-quettes. Ses lèvres étaient délicieusement charnues – celle du haut formait une pointe au milieu, tandis que celle du bas était épaisse et luisante. Il dut lutter contre lui-même pour ne pas l'embrasser…

— Et voilà ! Vous êtes à nouveau un parfait Tavistock ! lança-t-il en reculant et en lui tendant le pot de colle.

Tandis que sa main se referma autour du pot, il veilla à ne pas la toucher. Il n'était pas sûr de résister une deuxième fois à l'envie de goûter ses lèvres. Elle referma le couvercle et rangea la colle dans sa poche.

— « Parfait » ? Pourtant, vous venez de me dire que c'était dommage que je les porte.

— C'est vrai. J'avoue que je vous préfère de loin en Lady Viola, comme vous l'étiez hier soir. Mais c'est en tant que Tavistock que je vous connais le mieux.

Elle détourna le regard et il regretta de lui avoir dit ces dernières paroles.

— Avez-vous appris quelque chose de Pennington ? s'enquit-elle, son regard croisant à nouveau le sien – mais, Dieu merci, la tension entre eux avait maintenant disparu.

Il s'éclaircit la gorge et haussa les épaules, heureux de pouvoir aborder un sujet plus pragmatique.

— Oui. Je lui ai fait boire votre cognac ; ça l'a bien désinhibé… Nous devons voir Sir Hodges, un avocat qui, semble-t-il, est toujours assis à la même table, à l'angle, du pub de St James Street.

Le regard de Viola brilla d'excitation.

— Pouvons-nous y aller ensemble demain ?

— J'allais vous proposer la même chose !

— Oh, formidable ! Je suis tellement contente que vous soyez disponible ! Je ne suis pas sûre que j'aurais eu la patience d'attendre.

Il fronça les sourcils.

— Il aurait pourtant bien fallu… Nous avons un accord, je vous rappelle, lui dit-il avec un petit sourire.

Elle pencha la tête sur le côté.

— Hésitez-vous toujours à le dire à Val ? lui demanda-t-elle en inclinant la tête sur le côté.

— Oui…

Pourtant, il en était de moins en moins certain. Il ressentait maintenant une certaine loyauté envers elle, ce qui n'était pas le cas quelques jours auparavant.

— Même si nous sommes dans le même bateau, reprit-il. J'espère d'ailleurs que vous ne continuerez pas à mener l'enquête sans moi.

— Ne vous en faites pas. Je me sens moi aussi liée à vous. À quelle heure voulez-vous que nous nous retrouvions, demain ?

Il fit mentalement le bilan de ses rendez-vous et réunions du lendemain.

— Quatorze heures ?

— J'y serai !

Il l'observa attentivement, essayant de se souvenir si

elle portait les mêmes vêtements chaque fois qu'elle prenait son identité masculine.

— Combien de costumes Tavistock a-t-il ?

— Trois. Je viens justement de fabriquer un nouveau gilet que je trouve plutôt chic. Vous me donnerez votre avis demain !

— Vous faites vos propres gilets ?

— Cela vous étonne ? Vous pensiez que j'avais un tailleur ? lui demanda-t-elle d'un air amusé.

Il rit en imaginant une situation aussi absurde.

— Je vais y aller. Puis-je vous raccompagner chez vous ?

— Encore ? s'exclama-t-elle. Les gens vont penser que nous sommes devenus des amis proches, comme Sir Humphrey et Caldwell.

Jack frissonna.

— Ne dites pas des horreurs ! J'espère ne jamais ressembler ni à l'un ni à l'autre !

— Vous ne les appréciez vraiment pas, n'est-ce pas ?

— Ils sont en partie responsables de la situation que notre pays connaît actuellement. Ils sont égoïstes et corrompus. Ils se fichent pas mal de la marche de Manchester par les *Blanketeers*[1], ou des milliers d'autres personnes qui ont le sentiment de ne pas être représentées par leur gouvernement…

Il s'interrompit, réalisant tout à coup qu'il avait élevé la voix plus qu'il ne l'aurait dû. Lady Viola le regardait avec un sourire profondément féminin.

— Vous êtes un vrai radical. Peut-être auriez-vous dû accompagner Cobbett en Amérique…

— Aucune chance. On a besoin de moi ici.

— Oui, je le crois, en effet, murmura-t-elle.

Elle le dévisagea quelques secondes, puis revint à la réalité.

— Allons-y, sinon nous allons éveiller les soupçons ! lança-t-elle, le précédent hors du débarras.

Alors qu'il la suivait, il espérait que leur visite à Sir Hodges leur apprendrait ce qu'ils voulaient savoir. Plus tôt il cesserait de passer du temps avec la séduisante Lady Viola, mieux ce serait.

─────────────────────────

1. Ndlt : chômeurs de l'industrie du textile.

CHAPITRE 5

Ce jour-là, malgré son nouveau gilet, Viola détestait son costume. Bien sûr, elle appréciait la liberté que lui offrait le fait de se faire passer pour un homme mais, cette fois, elle aurait préféré être une femme.

En entrant, elle regarda le comptoir de l'autre côté de la grande pièce, où un homme préparait du café. Des tables avec des bancs étaient alignées, tandis que d'autres tables étaient placées contre les murs, séparées par des rideaux, pour ceux qui voulaient de l'intimité. C'était, en tout cas, ce qu'elle supposa…

Elle avait quelques minutes d'avance et n'avait pas encore vu Sir Barrett. Son pouls s'accéléra à la perspective de le revoir. Était-ce pour cela qu'elle souhaitait être habillée en femme ? En se souvenant que, la veille, il lui avait dit qu'il la préférait en femme, jamais la colle sur son visage ne lui avait paru si désagréable. Elle aurait tellement aimé qu'il fasse le premier pas vers elle…

Mais était-ce réellement à souhaiter ? Elle devait cesser d'être futile et égoïste, et rester concentrée sur son objectif : lever le voile sur cette histoire, qui n'avait rien à voir avec Jack Barrett – aussi séduisant fût-il.

Pourtant, pensa-t-elle, il était réellement absolument magnifique. Il avait en outre des convictions, et semblait se soucier sincèrement du sort de ceux dont la vie était difficile. C'était presque cela, d'ailleurs, qu'elle préférait chez lui – plus que son physique. Et c'était aussi cela qui faisait de lui un homme dangereux pour elle…

Le chassant de ses pensées, elle entra dans le pub et scruta l'intérieur. Il y avait quatre tables d'angle. Laquelle était celle de Sir Hodges ? Jack ne l'avait pas décrit ; elle était donc obligée de l'attendre.

Mais rester plantée là sans rien faire était terriblement gênant – et frustrant. Elle tenta de nouveau de déterminer qui était ce Sir Hodges. Deux des quatre tables d'angle étaient occupées : l'une par un trio d'hommes d'âge mûr en pleine conversation animée – l'un d'eux faisait même de grands gestes –, et l'autre par un homme seul accaparé par son journal étalé devant lui. À ses cheveux blancs, Viola pensa qu'il devait avoir largement la cinquantaine.

— Hodges, je vous sers un autre café ? lança le barman derrière le comptoir.

L'homme aux cheveux blancs – Hodges, donc – leva les yeux de son journal et lui adressa un sourire, remontant ses lunettes sur son nez.

— Oui s'il vous plaît !

Viola se précipita vers sa table.

— Restez assis, je vais aller vous le chercher ! s'empressa-t-elle de lui dire.

Surpris, Hodges inclina la tête.

— Euh… très bien… Merci ! balbutia-t-il.

— Ça me fait plaisir, répondit Viola en souriant, veillant à maintenir ses lèvres fines et fermées.

Puis elle prit sa tasse et se dirigea vers le comptoir.

— Mettez le sien sur mon compte ! lança Hodges.

Le serveur remplit la tasse de Hodges, puis en servit une autre. Le remerciant d'un signe de tête, Viola prit les deux tasses et rejoignit Hodges à sa table.

— J'espère que vous me ferez l'honneur de vous asseoir avec moi, lui dit Hodges en pliant son journal et en le mettant de côté.

Viola jeta un coup d'œil vers la porte. Elle était censée attendre Jack, mais il était maintenant en retard. Il comprendrait certainement qu'elle n'avait pas pu laisser passer une telle occasion…

— Merci, mais j'attends quelqu'un.

Hodges sourit agréablement.

— Il sera le bienvenu à la table avec nous lorsqu'il arrivera.

Il but une gorgée de son café et ferma les yeux, laissant échapper un soupir de satisfaction.

— Rien de tel qu'un bon café !

Alors que Viola avait appris à aimer la bière au cours des deux dernières années, elle n'avait jamais essayé le café. Hésitante, elle but une gorgée de l'infusion sombre et fumante, et faillit tout recracher. Se forçant à avaler le liquide aigre, elle fit de son mieux pour cacher sa réaction. Elle dut échouer, car Hodges la regarda d'un air amusé.

— C'est vrai qu'il est un peu amer, aujourd'hui…

— C'est vrai, approuva-t-elle en posant sa tasse. Mais je ne me suis pas présenté : Tavistock, enchanté !

— Heureux de vous rencontrer. Je m'appelle Emory Hodges. Je suis avocat.

— Je suis journaliste, dit-elle en retirant son chapeau et en le posant sur le banc à côté d'elle.

Hodges pencha la tête sur le côté et la regarda, ses yeux sombres brillant d'une lueur bienveillante derrière ses lunettes.

— Êtes-vous le Tavistock qui écrit pour la *Gazette des femmes* ?

Surprise, elle le regarda bouche bée, avant de se reprendre et de refermer ses lèvres.

— Vous avez lu mes articles ? lui demanda-t-elle d'un air médusé.

Il rit doucement. En observant les petites rides au coin de ses yeux et les profondes rainures de chaque côté de sa bouche, elle comprit qu'il devait rire souvent.

— Je lis toutes sortes de choses. Pour mon métier, il est important que je me tienne informé. J'apprends donc autant que je le peux.

— C'est admirable de votre part, le félicita Viola. Qu'é-tiez-vous en train de lire ? demanda-t-elle en jetant un coup d'œil au journal.

Il fit un signe en direction du *Times.*

— Oh, encore un article sur la situation terrible dans laquelle se trouve notre pays, et la manière dont les travailleurs radicaux doivent être muselés pour les empê-cher de déclencher une autre émeute.

— Vous n'êtes pas d'accord avec cela ?

— Je pense qu'il est dangereux de jeter de l'huile sur le feu. Mais les gens aiment lire ce genre de choses. De plus en plus, semble-t-il.

— Vous avez raison. C'est d'ailleurs pour cela que j'écris moi aussi des articles sur la situation actuelle.

Hodges arqua l'un des sourcils blancs et broussailleux, qui dépassa le bord de ses lunettes.

— Vraiment ? Je pensais que vous n'écriviez que sur qui était où et qui portait quoi…

Viola réprima sa frustration – elle ne pensait pas qu'il la méprisait.

— Je m'intéresse aux questions politiques dans la mesure où elles concernent mes lectrices.

— C'est vrai que nous sommes tous concernés, que nous le voulions ou non… En tout cas, vous êtes au bon endroit pour entendre parler de politique.

Il regarda vers le coin opposé, où les trois hommes discutaient toujours avec enthousiasme.

— Il suffit de les regarder, reprit-il. Ils sont ici tous les après-midi pour débattre des mêmes choses encore et encore. Des députés à la retraite qui n'ont rien de mieux à faire, soupira-t-il en secouant la tête. Non pas que j'aie mieux à faire ! lui confia-t-il avec un regard amusé et complice. J'aime venir et garder mes oreilles ouvertes. J'ai toujours une excellente audition, conclut-il en se penchant en arrière sur sa chaise, ses épaules contre les rideaux.

Viola jeta un coup d'œil vers la porte. Jack était maintenant vraiment en retard, et elle n'était pas sûre qu'il y aurait une meilleure occasion d'obtenir les informations qu'ils cherchaient… Elle posa ses yeux sur Hodges et le regarda d'un air soudain sérieux.

— En fait, j'ai entendu une rumeur récemment. Peut-être pourriez-vous m'en apprendre davantage ? Quelque chose concernant un député qui aurait aidé les radicaux d'une manière ou d'une autre…

À la façon dont les yeux de Hodges s'éclairèrent et à la couleur que prirent ses joues, Viola sut que Pennington avait dit vrai. Hodges se pencha à nouveau vers elle, plus près cette fois.

— Je sais exactement de quoi vous parlez.

Malgré sa voix basse, l'excitation qu'il ressentait était évidente.

— … C'est un député qui a été l'instigateur de l'attaque contre Prinny, en janvier.

Viola se pencha à son tour vers lui, le cœur battant.

— Instigateur ? Que voulez-vous dire ?

Aucun de ceux qui avaient tiré et jeté des pierres sur la

voiture du prince pour essayer de briser les vitres n'avait été attrapé.

— Apparemment, c'est ce député qui a tout organisé, précisa Hodges. C'est lui qui a dit aux radicaux à quel moment ils devaient attaquer. Ils étaient prêts et attendaient ses ordres lorsque le prince a quitté Westminster.

— Donc, il ne s'agissait pas simplement d'une attaque improvisée par des travailleurs mécontents ?

C'était la version que Viola avait toujours entendue.

Hodges secoua lentement la tête.

— Il semble que non, mais je ne suis pas sûr que quiconque le sache avec certitude.

— Vous ne savez pas qui est ce député ?

Elle retint son souffle, espérant qu'il le saurait.

— Je crains que non, mais si vous le découvrez, vous tiendrez un excellent article !

Il dit cela avec une telle joie que Viola ne put s'empêcher de sourire. Ce serait formidable si elle réussissait à être celle qui révèle une telle information ! Cela marquerait un véritable tournant dans sa carrière. Peut-être pourrait-elle même écrire l'article sous son vrai nom ? Pendant un bref instant, elle se perdit dans l'excitation du possible.

— Allez-vous inclure notre conversation dans votre article ? demanda Hodges en se redressant. Si c'est le cas, je vous demanderais simplement de ne pas mentionner mon nom… Je ne veux pas être impliqué dans quoi que ce soit ayant à voir avec les radicaux. De nos jours, on risque la prison pour un oui ou pour un non, et on ne sait pas pour combien de temps ! se justifia-t-il en frissonnant.

Il avait raison, et cette réalité calma l'enthousiasme de Viola. C'était comme s'il l'avait aspergée de glace – d'eau froide de la Tamise. Elle hocha la tête sobrement.

Peut-être pourrait-elle écrire cette information – sous forme de potins – dans sa chronique ? Mais elle n'était pas certaine de comment réagirait son éditeur... Non, en fait, Hodges avait raison. C'était trop dangereux. Mieux valait ne rien mentionner du tout... En tout cas tant qu'elle n'avait pas davantage d'informations concernant le député en question. Lorsqu'elle saurait de qui il s'agissait, elle pourrait alors révéler la vérité sans aucun risque.

— Je ne peux pas écrire ce genre de potins, dit-elle avec un pincement au cœur. C'est une histoire fascinante, mais j'ai besoin de davantage d'informations pour pouvoir l'évoquer dans mes articles. Comme l'identité du député, par exemple. Y a-t-il autre chose que vous pourriez me dire et qui pourrait me conduire à lui ?

Il secoua la tête.

— Je ne sais même pas de qui j'ai entendu cette rumeur, se désola-t-il. Tout ce que je sais, c'est que c'était ici. Enfin... Je crois, ajouta-t-il en fronçant les sourcils et en baissant les yeux sur sa tasse. Je n'en suis même pas si sûr...

Cela ne l'avançait pas beaucoup... Finalement, tout ce qu'elle avait, c'était une confirmation que c'était bien un député qui avait aidé les radicaux. Et c'était bien plus choquant qu'elle ne l'avait imaginé. Penser que quelqu'un au Parlement avait encouragé une attaque contre le prince régent était terrifiant.

— Cela me fait penser à Spencer Perceval, dit-elle doucement, faisant référence au Premier ministre qui avait été assassiné par un commerçant révolté, cinq ans auparavant.

Hodges hocha tristement la tête.

— Difficile de ne pas faire la comparaison. Nous devons tous être sur nos gardes. Peut-être que les articles de journaux ne sont pas une si mauvaise chose, finalement, dit-il en jetant un coup d'œil au journal à côté de lui. J'espère que vous pourrez découvrir la vérité. Nous méritons de savoir qui a pu provoquer un tel incident. Qui sait de quoi cette personne est capable ?

Un frisson parcourut la colonne vertébrale de Viola.

— En effet, admit-elle.

Elle prit sa tasse et but une autre gorgée de café. Il avait refroidi mais il n'était pas plus agréable au goût. Elle prit sur elle pour ne pas avoir l'air trop dégoûtée...

Mais que fait Barrett ? pensa-t-elle.

Tournant de nouveau la tête vers la porte, elle le vit enfin entrer. Elle ne voulait pas lui parler devant Hodges.

— Si vous voulez bien m'excuser, dit-elle en se levant.

— Vous n'aviez pas rendez-vous avec quelqu'un ?

— Oui, il vient d'arriver, mais nous devons partir. Je vous remercie pour la compagnie, et j'espère vous revoir bientôt.

— Cela me ferait très plaisir, dit Hodges en souriant.

Elle leva son chapeau pour le saluer, puis se précipita vers Barrett, lequel la regarda les sourcils froncés.

— Étiez-vous assise avec Hodges ?

Elle acquiesça.

— Allons-y ! le pressa-t-elle.

— Mais...

— Je vous raconterai tout dehors, murmura-t-elle.

Sans attendre davantage, elle passa devant lui et poussa la porte, sortant dans la lumière fade d'un soleil fatigué. Elle remonta St James Street, et Barrett lui emboîta le pas.

— Vous étiez supposée m'attendre ! s'exclama-t-il.

Elle lui lança un regard d'excuse.

— J'ai essayé, mais vous étiez en retard. J'ai eu l'occasion de m'asseoir avec Hodges, alors je l'ai saisie.

— Il n'empêche ! Vous auriez *dû* m'attendre, insista-t-il, visiblement agacé.

— Si je vous dis que j'ai appris ce que ce député a fait, et que c'est assez horrible, me pardonnerez-vous ?

Barrett s'arrêta net, et l'attira vers le coin de l'immeuble le plus proche, loin du centre du trottoir.

— Qu'avez-vous appris ? lui demanda-t-il à voix basse.

Il avait visiblement hâte de savoir ce que lui avait révélé Hodges.

— Que c'était ce député qui avait organisé l'attaque contre le prince régent.

Barrett la regarda en plissant les yeux, perplexe.

— C'est de la folie !

— Je ne vous le fais pas dire !

— Qui est-ce ?

— Hodges ne savait pas, malheureusement, mais l'homme a dit aux radicaux où et quand ils devaient attaquer le prince.

Barrett pivota et s'appuya contre le mur, les épaules basses.

— Ce député risque de recommencer...

— C'est possible. À moins qu'il ne se rende compte que c'est trop dangereux…

— Je l'espère. Car cette attaque a rendu la situation encore plus tendue. Vous vous rendez compte des conséquences qu'elle a eues ? Un Comité du secret, la révocation de l'*Habeas corpus*, le passage d'une loi sur les réunions séditieuses. S'il avait voulu mettre des bâtons dans les roues aux radicaux, il ne s'y serait pas mieux pris !

— Ou peut-être était-ce simplement quelqu'un qui voulait assassiner le prince ? suggéra-t-elle.

— Dans ce cas, on peut dire qu'il a magnifiquement échoué ! répondit-il avec ironie. Quel que soit son motif, cette attaque a entraîné des répercussions dramatiques.

Il s'interrompit et la regarda avec des yeux apaisés.

— Excusez-moi. Pendant un bref instant, j'ai oublié qui vous étiez vraiment.

Elle avait pensé qu'il ne la voyait plus que comme une femme. Découvrir que ce n'était pas le cas la déçut.

— C'est normal. Je suis Tavistock, en ce moment, l'excusa-t-elle, faisant de son mieux pour ne pas montrer son pincement au cœur.

— Vous êtes incroyablement brillante, en tout cas. Je n'arrive pas à croire que vous ayez réussi à obtenir toutes ces informations de Hodges en moins de trente minutes !

— C'était un peu plus de trente minutes, minimisa-t-elle.

En réalité, elle était plus que flattée par le compliment de Barrett.

— Je suis désolé d'avoir été en retard, lui dit-il en se remettant à marcher, Viola trottant à ses côtés. J'ai été retardé par une réunion. J'essaye de réfléchir à qui aurait pu faire cela, reprit-il, mais je ne connais malheureusement pas tous les députés – en tout cas pas de manière intime. Quoi qu'il en soit, que l'un d'eux ait pu faire une chose pareille est très préoccupant !

— Mais pas difficile à croire, j'imagine.

Il lui lança un regard interrogateur.

— Que voulez-vous dire ?

— Beaucoup d'entre eux sont corrompus. Ils siègent dans des bourgs pourris, ou ont un siège pour lequel un membre de la Chambre des Lords a payé, expliqua-t-elle. J'imagine que tous ne sont pas d'une intégrité exemplaire…

Elle le regarda avec un sourire qui lui coupa le souffle.

— Vous avez raison, admit-il. C'est vrai que je ne devrais pas être si surpris. Mais je ne *veux* pas y croire. J'aime à penser que tout le monde a de bonnes intentions. Que nous sommes tous guidés par notre sens de l'honneur. Je déteste me rendre compte que cela n'est pas toujours le cas…

Elle voyait qu'il était sincère. Il défendait ses convictions avec passion, ce qui était profondément réconfortant.

— J'aimerais tellement savoir qui est ce député, dit-elle. Les gens méritent de le savoir ; de connaître l'identité de celui qui fait peser une menace sur eux...

— Au cas où il recommencerait, vous voulez dire, soupira Barrett. C'est vrai que les gens méritent de savoir, tout comme ils méritent d'être représentés par des personnes qui les aident à se faire entendre. Cette manière qu'a le Gouvernement de décider qui peut ou non voter est insupportable ! s'emporta-t-il à nouveau.

Encore une fois, son enthousiasme était palpable.

— Je suis complètement d'accord avec vous. Que les femmes ne soient pas autorisées à voter, ni même à posséder des biens – ce qui leur permettrait de voter – est un véritable scandale. Même si quelques femmes possèdent des biens et peuvent voter, elles sont de loin une minorité.

— Absolument. Elles sont si peu nombreuses qu'on peut presque dire que ce phénomène n'existe pas ! Mais je dois avouer que, si j'apprécie et comprends votre volonté de changer cet état de fait, je pense malheureusement que le vote des femmes n'est pas pour demain. Si les hommes pouvaient un jour tous voter, ce serait déjà une magnifique avancée, conclut-il d'un air désolé.

Elle comprenait son point de vue, mais elle ne pouvait s'empêcher de trouver cela terriblement frustrant.

— Je crois que nous devrions passer au suffrage universel. Les femmes n'ont presque aucun droit à l'heure actuelle, encore moins quand elles se marient, abandonnant alors le peu d'indépendance dont elles jouissent à leur mari.

— Est-ce pour cela que vous n'êtes pas mariée ? lui demanda-t-il d'un ton plus doux.

Il semblait sincèrement se poser la question, et elle décida de lui répondre avec transparence.

— Oui, fit-elle simplement.

Ils avaient atteint Piccadilly, et Viola s'arrêta, à la recherche d'un fiacre.

— Et vous ? Pourquoi n'êtes-vous pas marié ?

Les yeux noirs de Jack brillaient sous le bord de son chapeau.

— Parce que je ne veux pas l'être, tout simplement. Pas encore en tout cas. J'ai trop de choses à faire en ce moment.

— C'est vrai que vous semblez être marié à la Chambre des communes, ironisa-t-elle.

— Peut-être, admit-il en souriant. Et maintenant, que devons-nous faire ?

— Nous devons découvrir l'identité de ce député afin de pouvoir l'empêcher de récidiver…

— D'accord, mais comment ? demanda-t-il en se pinçant les lèvres. Je vais réfléchir, déclara-t-il. Pouvons-nous nous retrouver plus tard au *Duc Fringant* ?

— Non, je ne peux pas y aller trop souvent. Cela serait trop risqué…

— Alors, où pourrai-je vous voir ?

Il posa sur elle un regard empli d'espoir, et elle eut l'impression qu'il avait réellement envie de la voir – au-delà de leur enquête. Mais c'était absurde. Ils venaient de se dire qu'aucun d'eux ne voulait se marier…

— Je ne sais pas. Je vais devoir consulter l'agenda de ma grand-mère.

Elle hésita un instant avant de continuer.

— En fait, je ne sors pas souvent avec elle. Je n'aime pas particulièrement être en société.

— Une autre chose que nous avons en commun, commenta-t-il en la regardant droit dans les yeux. Très bien. Dans ce cas, réfléchissons chacun de notre côté à ce que nous devons faire... Peut-être pourriez-vous m'envoyer une note pour me dire où nous pouvons nous retrouver ?

— D'accord !

Elle regarda la rue.

— J'ai juste besoin d'un fiacre...

— Laissez-moi faire !

Il en héla un, et rit en la regardant à nouveau, tandis que le fiacre s'approchait d'eux.

— Je dois vraiment cesser de penser à vous en tant que femme !

La déception qu'elle avait ressentie plus tôt s'évapora, laissant place à une vague de chaleur. Elle donna sa direction au chauffeur, puis se tourna vers Barrett.

— En fait, je préférerais que vous ne le fassiez pas.

Puis elle monta dans la voiture, sans oser le regarder à nouveau, ni repenser à ce qu'elle venait de lui dire...

CHAPITRE 6

*C*haque fois qu'il entrait dans la maison dans laquelle il avait grandi avec ses parents aimants, Jack avait l'impression d'être enveloppé dans une chaleureuse étreinte.

— Comment allez-vous, Michaelson ? demanda-t-il au majordome de son père à qui il tendit son chapeau.

— Bien, Monsieur, répondit le grand Viking, inclinant sa tête encore blonde. Votre père est ravi que vous soyez venu dîner ce soir.

En réalisant qu'il n'avait pas vu son père depuis trop longtemps, Jack lui avait envoyé une note pour lui annoncer sa visite.

— Je vous en prie, dites-moi que madame Fink a fait de l'agneau ?

C'était le plat préféré de Jack.

— Bien sûr ! confirma Michaelson avec un large sourire.

Jack traversa le hall d'entrée jusqu'à la bibliothèque de son père. Le sentiment d'être chez lui s'intensifia lorsqu'il entra dans la pièce – celle où il avait passé tant de temps avec son père à lire, à apprendre, et à observer l'homme qu'il admirait le plus au monde.

Lorsqu'il l'entendit arriver, son père leva les yeux de son bureau, posant sur lui ses yeux bleu foncé.

— Jack, mon garçon ! s'exclama-t-il en ôtant ses lunettes en demi-lune et en les posant sur la liasse de papiers qu'il était en train de lire.

Il se leva et s'avança vers son fils. Il approchait les soixante-dix ans, mais avait l'air d'en avoir à peine soixante ans. Il faut dire qu'il avait le même rythme quotidien qu'un homme de cinquante ans. Jack ne pouvait qu'espérer vieillir aussi bien que lui, et que son père avant lui, lequel était décédé, cinq ans auparavant, à l'âge vénérable de quatre-vingt-dix-neuf ans.

— Bonsoir, père ! Je suis heureux de vous voir !

Son père prit Jack dans ses bras pendant un long moment, lui donnant l'agréable sensation d'être à nouveau comme un garçon de cinq ans, enivré par son parfum d'encre et de savon au bois de santal si caractéristique.

— Je suis heureux de te voir, moi aussi.

Ils se séparèrent et son père lui fit signe de s'asseoir dans l'un des fauteuils devant l'âtre, où un feu doux crépitait, réchauffant cette fraîche soirée d'avril. Jack s'installa dans son fauteuil habituel, tandis que son père se dirigea vers le buffet afin de verser deux verres de son whisky préféré, qu'il achetait en Écosse où il allait chasser une fois par an.

Un instant plus tard, son père lui tendit un verre et s'assit en face de lui. Ils trinquèrent, et burent une première gorgée en même temps. Ils faisaient toujours les mêmes gestes, et Jack espérait qu'ils les feraient encore pendant longtemps…

— Tu as dû être très occupé depuis l'ouverture du Parlement, dit le père de Jack.

Jack ressentit un pincement au cœur.

— En effet. Et je suis désolé de ne pas vous avoir rendu visite avant.

Son père fit un signe de la main.

— Ne t'inquiète pas pour ça ! Avec tout ce qui se passe, j'imagine volontiers que tu as été accaparé… Les émeutes de l'automne dernier, l'attaque contre le prince régent, la marche de Manchester… Ça fait beaucoup !

— Comme vous le savez pour l'avoir vécu vous-même, ce n'est en effet pas la meilleure période.

Son père avait été député pendant plusieurs années jusqu'à ce que Jack prenne la relève lors des dernières élections. Avant lui, le grand-père de Jack – dont Jack avait hérité du prénom – avait lui aussi été député. Le siège appartenait aux Barrett depuis des décennies. Les députés de bourgs pourris ne manquaient d'ailleurs pas de lui renvoyer ce détail lorsque Jack s'insurgeait contre la corruption qui vérolait de nombreuses circonscriptions.

— Oui, et il semble que les conservateurs réagissent comme ils le font toujours, en distillant la peur et en faisant tout pour maintenir leur emprise, se désola son père en secouant la tête avant de prendre une autre gorgée de whisky.

— C'est peut-être encore pire que ça, dit Jack d'un air sombre, faisant allusion à ce mystérieux député dont lui et Lady Viola tentaient de découvrir l'identité.

Il était presque convaincu qu'il s'agissait d'un conservateur essayant de susciter la peur et la méfiance envers les radicaux, les travailleurs et les autres opposants.

— Apparemment, un député a conseillé à un groupe de radicaux – ou peut-être était-ce à un seul radical, je ne connais pas les détails – d'attaquer le prince régent. Il leur aurait dit où et quand l'attaque pouvait avoir lieu. À mon avis, il s'agit d'un conservateur qui voulait attiser la méfiance de la population envers les radicaux, et que le Parlement prenne des mesures contre eux. C'est d'ailleurs ce qu'il s'est passé avec l'instauration du Comité du secret et la révocation de l'*Habeas corpus*.

Le père de Jack, James Barrett, était un homme difficile à émouvoir. « Imperturbable » était le premier mot qui venait à l'esprit de Jack lorsqu'il pensait à lui. Pourtant, cette fois, son père se figea et fixa Jack d'un air catastrophé.

— Un député était derrière l'attaque ?

Jack confirma d'un signe de tête.

— Tu es certain qu'il s'agissait d'un conservateur ?

— Non, je n'en suis pas *certain*, je ne sais pas du tout qui il est. J'essaye de le découvrir, justement…

James fronça les sourcils, inquiet pour son fils.

— Sois prudent, Jack. Si c'est un conservateur, il appartient à la majorité et il pourrait te créer des ennuis si tu creuses trop… Mais… Et si ce n'était pas un conservateur ? Après tout, il pourrait tout à fait s'agir d'un sympathisant des radicaux qui a cherché à les aider, tu ne crois pas ?

— Dans ce cas, qu'est-ce que l'attaque du prince leur apporterait ? Non, c'est forcément un conservateur.

Son père ricana.

— Tu supposes que ce député est aussi rusé que toi. Mais beaucoup d'entre eux ne le sont pas, tu sais…

Son père avait raison. Sir Humphrey en était le parfait exemple : son amitié avec Caldwell – un homme sournois mais intelligent – parvenait à peine à masquer sa bêtise évidente.

— Comment as-tu entendu parler de cela ? s'enquit son père.

— Ce ne sont que des ragots pour le moment.

James regarda son fils d'un air suspicieux, ce qui exaspéra Jack.

— Ne me regardez pas comme ça ! Je cherche à découvrir la vérité, mais ce n'est pas facile. C'est Hodges qui m'a donné l'information, et il est digne de confiance.

— Certes, même s'il commence aussi à devenir sourd… dit son père avec ironie. Je comprends que tu cherches à découvrir la vérité, mais ne crois-tu pas que tu devrais consacrer ton énergie à des choses plus importantes ? Cela fait maintenant quatre ans et demi que tu es un député respecté. Tu pourrais tout à fait prétendre à représenter le Middlesex. À moins que tu ne sois élevé à la pairie, bien sûr, ajouta-t-il avec un sourire. Dans ce cas, tu nous représenteras toujours, mais dans un endroit différent…

Jack regarda son père en souriant. Il savait que c'était tout ce qu'il espérait pour lui.

— Je suis bien à la Chambre des communes, répondit-il. Et je serais très honoré de représenter le Middlesex aussi longtemps qu'ils voudront bien de moi…

— Peut-être devrais-tu envisager de vous marier ?

Jack faillit recracher son whisky. Il réussit à ne pas le faire, mais s'étouffa avec, le liquide lui brûlant la gorge. Quand il eut fini de tousser, il dévisagea son père d'un air décontenancé.

— Je vous demande pardon ?

James parut amusé et regarda son fils en plissant ses yeux malicieux.

— Tu m'as bien entendu…

— J'en ai bien peur, en effet. Mais pourquoi une telle idée ? Je viens de vous dire que tout va bien pour moi, et vous savez que je n'ai que trente ans.

— Je le sais. Et je sais aussi que tu ne prévois pas de te marier avant tes trente-cinq ans, comme moi et ton grand-père. Mais nous ne sommes pas des modèles en matière de mariage, tu sais…

— Vous et grand-père êtes les meilleurs modèles, protesta Jack. Dans tous les sens du terme !

Son père but une gorgée de whisky et fixa un instant la cheminée. Lorsqu'il leva à nouveau les yeux vers Jack, son sourire était triste, et son regard las.

— Je regrette d'avoir attendu si longtemps. J'ai rencontré ta mère juste après être devenu avocat. J'avais alors vingt-deux ans ; j'étais plein de vigueur et d'arrogance. Je savais que c'était la femme de ma vie. Je l'aimais. Mais j'aimais encore plus mon ambition. La suite, tu la connais : elle a fini par épouser quelqu'un d'autre et nous nous sommes mariés après la mort de cet homme.

Il fit une pause et se pencha en avant, vers son fils.

— J'ai perdu plus de dix ans à ses côtés, reprit-il. Quand je pense à cette époque et aux autres enfants que nous aurions pu avoir…

L'évocation de sa mère était encore douloureuse pour Jack.

— Je n'ai jamais rencontré une femme comme maman, dit-il doucement. Enfin, disons que je n'ai pas rencontré la femme que j'aimerais épouser.

Lady Viola surgit dans son esprit. Pourquoi pensait-il à elle à ce moment-là ? Certainement parce qu'il aimait sa compagnie et la trouvait attirante. Mais, malgré cela, il n'envisageait absolument pas de l'épouser, et n'avait aucune intention de le faire.

— N'es-tu pas au moins ouvert à l'idée du mariage ? lui demanda son père en se redressant, faisant tourner son verre de whisky. Tu devrais y réfléchir... Ne vis pas ta vie selon un calendrier arbitraire et, surtout, ne laisse pas ta carrière prendre le pas sur tout le reste. Ce n'est pas ça qui te tiendra chaud la nuit, ajouta-t-il avec un sourire espiègle...

Jack était de plus en plus mal à l'aise et avait hâte de changer de sujet. Heureusement, il fut sauvé par l'arrivée de Michaelson leur annonçant que le dîner était prêt.

Jack et son père terminèrent leur whisky et se levèrent de leurs fauteuils.

— Je suis fier de toi, mon fils, dit James en mettant une main sur l'épaule de Jack. Tu sais que je serai toujours là pour toi, quels que soient tes choix. Promets-moi simplement que tu seras prudent avec cette affaire d'attaque. J'espère sincèrement que tu suivras mon conseil et que tu t'abstiendras d'agir. Les ennuis arrivent toujours trop vite, tu sais ? conclut-il en posant son verre sur le buffet avant de quitter la bibliothèque.

Jack lui emboîta le pas, l'esprit accaparé par ce qu'il venait d'apprendre et les conseils de son père. Peut-être avait-il raison et qu'il ferait mieux d'abandonner cette enquête ? Mais cela signifierait laisser Lady Viola continuer seule, ce qui l'exposerait à un danger encore plus grand. Car, si l'enquête était dangereuse pour Jack, elle l'était encore davantage pour elle. S'il s'agissait vraiment d'un complot fomenté par les conservateurs, ils n'auraient aucun scrupule à s'en prendre à Tavistock, qu'il soit un homme ou une femme. Après tout, ils n'avaient pas hésité à attaquer le prince régent !

Il était temps d'avoir une discussion sérieuse avec Lady Viola afin de savoir ce qu'elle avait l'intention de faire s'ils découvraient la vérité – et s'ils devaient tout arrêter maintenant, pendant qu'il en était encore temps.

∼

*L*a circulation rendait le parc presque impraticable. La calèche de sa grand-mère n'avait avancé que de trois ou quatre mètres en quinze minutes. Il y avait quelques nuages, mais la journée était belle, et tout le monde était donc sorti – c'était, en tout cas, l'impression que cela donnait. Pour couronner le tout, leur calèche ne cessait d'être arrêtée par les amis et les connaissances de sa grand-mère. Tout le monde – ou presque – recherchait la faveur de la douairière.

Enfin, sa grand-mère dit au revoir à la personne avec laquelle elle était en train de discuter, et la calèche avança. Viola dut émettre un soupir de soulagement, car sa grand-mère lui lança un regard acéré.

— Est-ce que tu t'ennuies ? lui demanda-t-elle.

— En fait… Oui ! admit Viola, qui ne voyait pas l'intérêt de tergiverser. Je vais descendre et me promener à pied. J'ai vu que Felicity était ici.

— Avant que tu partes, je voudrais te parler du bal ce soir.

Viola réprima son envie de lever les yeux au ciel. Un bal était organisé le soir même chez les Goodrick, mais Viola espérait pouvoir y échapper. Peut-être pourrait-elle prétendre être atteinte du paludisme, ou se faire une entorse au pied en descendant de la calèche ?

D'un autre côté, ce genre d'événement réunissait tout le gratin de la société londonienne, et ce serait sans nul doute l'occasion d'obtenir des informations – n'importe lesquelles – sur le député instigateur de l'attaque contre le prince régent…

— Je suis impatiente d'y être ! déclara-t-elle en mimant l'enthousiasme.

— Non, tu ne l'es pas, mais j'apprécie les efforts que tu fais depuis que je t'ai suggéré de te remettre à la recherche d'un mari. Ce soir est l'occasion parfaite de ton retour dans le monde !

Viola se mit à paniquer. Sa grand-mère allait-elle l'obliger à porter une pancarte autour du cou ? Heureusement, elle était incapable de faire une chose aussi vulgaire…

— Vous voulez que j'apporte un carnet de bal ? demanda-t-elle d'un air circonspect.

— Oui ! Ce sera l'occasion pour toi de rencontrer des hommes célibataires ! Lord Orford, par exemple. Il est veuf, et il a un enfant en bas âge...

— Et donc il lui faut absolument une femme ? l'interrompit Viola en marmonnant.

— *Exactement !* rétorqua sa grand-mère en la fustigeant du regard. Si tu continues de te comporter comme si tu ne voulais pas te marier ou de penser que personne n'est assez bien pour toi, tu ne trouveras jamais personne. Est-ce que tu veux vraiment rester célibataire ?

Tellement !

— Je suis très bien comme ça, sourit Viola d'un air calme pour donner plus de poids à sa réponse.

Sa grand-mère soupira, exaspérée.

— Je ne serai pas toujours là. Qui s'occupera de toi après mon départ ? Val est marié maintenant, et tu ne peux pas espérer te reposer sur lui. Enfin... Tu peux, mais j'ose espérer que ce n'est pas ce que tu souhaites...

Sûrement pas !

— Je suis tout à fait capable de prendre soin de moi, tout comme vous l'avez fait depuis la mort de grand-père.

— C'est très différent, ma chère. J'ai eu des enfants et des petits-enfants. Or, si tu ne te maries jamais, tu n'auras pas de famille.

Elle fit signe à sa petite-fille de descendre.

— Allez, va te promener ! Mais je compte sur toi pour ce soir. Tu dois envisager la possibilité de te marier.

— Oui, grand-mère, abdiqua Viola en hochant la tête.

Puis elle ouvrit la portière de la calèche et le valet de pied l'aida à descendre.

Alors qu'elle rejoignait son amie Felicity, elle ressentit un mélange d'irritation et de tristesse. Sa grand-mère avait raison : Viola serait seule lorsqu'elle ne serait plus là. Bien sûr, elle aurait ses neveux – en supposant que Val ait des enfants – mais ce n'était pas pareil que d'avoir son propre mari et ses propres enfants. De plus, sa grand-mère avait vu juste : jamais elle ne voudrait s'imposer dans la vie de son frère.

— Viola ! s'écria Felicity en lui faisant un signe de la main lorsqu'elle l'aperçut.

Retrouvant le sourire, Viola salua son amie. Mais son sourire devait ne pas être si convaincant…

— Qu'est-ce qui ne va pas ? lui demanda Felicity.

— Grand-mère veut que je prenne un carnet de bal ce soir, répondit Viola en faisant la moue.

Felicity fit une grimace à la fois indignée et dédaigneuse.

— Aïe…

— Elle dit que je dois penser à me marier.

— Mais le mariage n'est pas si terrible ! lança joyeusement Felicity en lui prenant la main. Je t'aiderai à trouver le bon candidat si tu veux !

Elle observa Viola en se pinçant les lèvres et en fronçant les sourcils.

— Mais est-ce que tu en as envie ?

Viola lutta pour ne pas éclater de rire.

— Je fais de mon mieux…

Felicity retint son souffle et regarda son amie en réfléchissant. Lorsque ses joues devinrent rouges, Viola céda et éclata de rire. Alors Felicity expira, ses poumons se vidant d'un seul coup.

— J'ai bien réfléchi, et je crains que le mariage ne soit pas fait pour toi, lâcha-t-elle en faisant mine d'être attristée. Je suis sincèrement désolée de te l'annoncer de manière aussi abrupte !

Viola rit de plus belle, et Felicity s'esclaffa à son tour.

— Vous avez l'air de vous amuser, Mesdames !

Viola et Felicity tournèrent la tête en même temps, s'arrêtant de rire d'un seul coup. Lord Orford les regardait de ses yeux gris pâle, ses lèvres minces formant un sourire tandis qu'il s'inclina légèrement.

Les deux jeunes femmes firent la révérence à leur retour, et échangèrent un regard complice. Felicity passa son bras sous celui de Viola, pour faire comprendre à l'intrus qu'elles souhaitaient se promener seules.

— Bonjour, Lord Orford !

— Bonjour, Mesdames. Aurais-je l'honneur de faire quelques pas avec vous ?

Malheureusement, certains hommes ne se laissaient pas dissuader si facilement…

— Avec nous deux ? s'étonna Viola.

Elle n'avait aucune envie de laisser partir son amie Felicity, ni de marcher seule avec lui.

— Pourquoi pas ? fit-il en offrant ses bras d'un air enjoué.

Felicity et Viola échangèrent un autre regard et, haussant imperceptiblement les épaules, elles prirent chacune l'un de ses bras musclés — Lord Orford était connu pour aimer le pugilat — et se mirent en route.

— Je vous en prie, dites-moi que vous serez toutes les deux au bal des Goodrick, ce soir ? J'aimerais beaucoup signer vos carnets de bal…

— Euh… Oui, répondit Felicity d'un ton hésitant.

Elle se pencha en avant et lança un regard d'excuse à Viola qui secoua la tête pour lui signifier que cela n'avait pas d'importance. Après tout, quitte à aller au bal, elle pouvait tout aussi bien danser avec Lord Orford qu'avec n'importe qui d'autre.

Même si je préférerais danser avec Jack Barrett, pensa-t-elle, se surprenant elle-même de penser à lui.

Cherchant à orienter son cerveau vagabond sur autre chose, Viola réalisa que Lord Orford était membre de la Chambre des communes. Il était le vicomte Orford, mais cela était un titre de courtoisie. Il siégeait aux Communes, tandis que son père, le comte de Debenham, siégeait à la Chambre des Lords. Peut-être qu'Orford pourrait être utile…

— Quelles sont les nouvelles de la Chambre des communes, milord ? tenta-t-elle de son air le plus innocent.

Il la regarda avec perplexité.

— Êtes-vous sincèrement intéressée par la politique ?

Viola résista à l'envie de le faire trébucher, mais elle rongea son frein, échangeant avec Felicity un regard entendu.

— Pourquoi ne le serais-je pas ? le défia-t-elle. J'aime me tenir informée… La marche de Manchester et les émeutes de l'automne dernier ont fait grand bruit et, en tant que citoyenne, je me sens concernée. J'aimerais notamment beaucoup en savoir plus sur l'attaque du prince régent. Je ne peux pas m'empêcher de penser que tout n'a pas été révélé au sujet de cet incident. Pourquoi ne savons-nous pas, par exemple, qui était derrière ?

Viola observa Lord Orford à la recherche du moindre signe. Il lui sembla que son regard vacilla… Mais il agita la main devant son visage pour chasser un insecte qui lui tournait autour. Peut-être était-ce la raison de son air étrange ? Ou pas…

Il fronça les sourcils et prit un air sérieux.

— Cette attaque était tout à fait ignoble ! Les responsables devraient être pendus.

— Ne devraient-ils pas être arrêtés d'abord ? Jugés, peut-être ? intervint Felicity.

— Oui bien sûr. J'ai dit que les *responsables* devaient être punis. Or, j'entends par responsables ceux qui auront été reconnus coupables.

Viola ne résista pas à l'envie de le questionner davantage.

— Il faut dire que la révocation de l'*Habeas corpus* était dangereuse, osa-t-elle.

— C'est vrai, admit le vicomte. Cependant, nous vivons une époque dangereuse, et nous devons assurer la sécurité des citoyens. Je préférerais de loin que les radicaux suspectés soient arrêtés et qu'ils ne puissent plus commettre d'autres attaques comme celle contre le prince régent.

— Et si ce n'étaient pas les radicaux qui étaient responsables ? demanda Viola. Après tout, nous ne savons pas grand-chose de ce qui s'est réellement passé, n'est-ce pas ?

Felicity lui lança un regard pétillant de curiosité, tandis que Lord Orford sembla amusé.

Était-il en train de se moquer d'elle ? se demanda Viola, agacée.

— Qu'avez-vous entendu exactement, Lady Viola ?

La question la prit par surprise. Il semblait presque connaître la réponse, comme s'il savait qu'elle faisait référence aux rumeurs qu'elle avait entendues. Elle présuma qu'il avait dû entendre les mêmes…

— Je ne sais pas. Qu'avez-*vous* entendu ? lui rétorqua-t-elle timidement.

Il plissa les yeux un instant – si brièvement qu'elle se demanda si elle l'avait imaginé, tout comme elle s'était demandé si elle avait imaginé la vacillation de son regard. Mais il éluda finalement sa question.

— Je crains que vous n'ayez à m'excuser, Mesdames, déclara-t-il en regardant droit devant lui. Je me réjouis de vous voir ce soir, cependant !

Il s'inclina devant chacune d'elle en retirant ses bras des leurs.

— Qu'est-ce que c'était que toutes ces questions ? s'empressa de lui demander Felicity tandis qu'elles le regardaient s'éloigner.

— Oh, rien, minimisa Viola en se retournant pour reprendre le chemin par lequel ils étaient venus.

Felicity trottina derrière elle.

— L'attaque contre Prinny n'est pas *rien* ! Pourquoi as-tu interrogé Orford à ce sujet ?

Viola haussa les épaules.

— Je pensais juste qu'il saurait quelque chose. Tu n'as pas envie de savoir ce qui s'est réellement passé ?

— Mais nous *savons* ce qui s'est réellement passé ! Des idiots ont tiré sur le prince régent, ou lui ont jeté des pierres, selon certains, mais cela ne change pas grand-chose… Comme tout le monde, j'aimerais que les coupables soient arrêtés pour qu'ils ne puissent pas recommencer, mais il semble qu'ils soient introuvables…

Viola n'était pas d'accord avec cette version, mais elle n'en voulut pas à Felicity. Après tout, son amie ne savait pas tout. D'ailleurs, peut-être pourrait-elle se confier à elle ?

— Il y a mon frère et Diana ! s'exclama Felicity. Je vais les rejoindre. Mais nous nous voyons ce soir, n'est-ce pas ? lui demanda-t-elle en serrant sa main dans la sienne. Cela dit, tu sais que je suis prête à t'aider à tomber gravement malade si tu préfères ne pas venir, ajouta-t-elle avec un clin d'œil.

Puis elle se dirigea d'un pas rapide vers le duc et la duchesse de Colehaven.

Viola la regarda un instant puis reprit son chemin, repensant à sa conversation avec Lord Orford.

— Attention !

Des mains lui agrippèrent fermement les coudes pendant un bref instant.

Elle connaissait cette voix et ce toucher. Levant la tête, elle découvrit le regard captivant de Jack Barrett posé sur elle. Il l'avait lâchée, la privant de la chaleur et de la sécurité qu'il dégageait et qu'elle ne pouvait s'empêcher d'apprécier, malgré elle.

Elle avait l'impression de perdre le contrôle d'elle-même...

— Bonjour, Sir Barrett.

— Bonjour, Lady Viola. Puis-je vous accompagner ?

— Avec plaisir ! J'étais en train de rejoindre la calèche de ma grand-mère.

Il lui offrit son bras et elle s'agrippa à lui.

— Je pense que nous devrions retourner au pub, déclara-t-elle sans préambule.

— Comment allez-vous aujourd'hui ? lui demanda-t-il d'un ton moqueur pour lui faire remarquer son impolitesse. Il fait beau... Êtes-vous venue à pied ou en calèche ?

Elle lui jeta un coup d'œil amusé et coupable.

— Excusez-moi.... Comment allez-vous ?

— Très bien, je vous remercie. Quant au pub, je pense en fait que nous devrions envisager d'abandonner notre enquête.

Viola s'arrêta net et plongea son regard dans le sien.

— Pourquoi ?

— Parce que c'est trop dangereux. Nous recherchons des hommes qui n'ont eu aucun scrupule à attaquer le prince régent. Je doute qu'ils hésitent à s'en prendre à nous si nous devenons trop gênants...

Viola savait qu'il avait raison, mais elle refusait d'avoir peur. Elle fut déçue par son manque de témérité.

— Nous devons dévoiler la vérité. Je pensais que nous étions d'accord...

— Nous l'étions. Nous le sommes toujours. Mais nous ne sommes peut-être pas les meilleures personnes pour mener cette enquête.

— Si ce n'est pas nous, enfin... *moi,* alors qui ? se renfrogna-t-elle en lui lâchant le bras. Ça ne fait rien. Je n'ai pas besoin de votre aide. Et inutile de me menacer de tout révéler à mon frère, je le lui dirai moi-même s'il le faut.

Sir Barrett soupira.

— Je ne vous demande pas de faire cela. Mais, s'il vous plaît, réfléchissez à ce que je vous ai dit. Je comprends à quel point il est important pour vous de découvrir la vérité et de la faire connaître, mais il y a sûrement d'autres articles intéressants que vous pouvez écrire, non ?

Non !

Viola comprenait son inquiétude, mais c'était trop important pour elle.

— Je vais réfléchir à ce que vous m'avez dit, le rassura-t-elle, déjà en train de penser à ce qu'elle allait faire, seule désormais.

Sir Barrett la regarda en plissant les yeux, sceptique.

— Ne me dites pas que vous êtes en train d'imaginer retourner au *Brooks* ce soir ? Je préfère que vous le sachiez : j'ai l'intention d'y être.

Viola leva les yeux au ciel, puis se remit à marcher le long du chemin vers la calèche de sa grand-mère.

— Ne vous inquiétez pas, lui dit-elle en se tournant vers lui. Je serai à un bal avec ma grand-mère, ce soir.

Elle fit de son mieux pour paraître naturelle, mais la simple idée de danser l'exaspérait. Et dire qu'elle avait imaginé danser avec lui alors que, à ce moment-là, elle n'avait qu'une envie : écraser ses pieds de couard et de lâcheur !

— Quel bal ? demanda-t-il.

— Chez Lady Goodrick, répondit distraitement Viola

en apercevant sa grand-mère lui faire signe de revenir à la calèche. Je dois y aller. Mais, merci pour cette promenade très… *instructive* !

— Je vous en prie, ne soyez pas en colère contre moi. Je ne me soucie que de votre bien-être.

Elle le regarda fixement. Elle comprenait mais elle ne pouvait s'empêcher de se sentir trahie par lui. Trop en colère pour répondre, elle tourna les talons et rejoignit la calèche, où sa grand-mère regardait attentivement Sir Barrett.

— Avec qui étais-tu en train de marcher ? demanda-t-elle à Viola avec intérêt.

— Lord Jack Barrett.

— L'avocat ? Enfin, *l'ancien* avocat. Il me semble qu'il est aujourd'hui député. Les Barrett représentent le Middlesex, je crois...

Viola cligna des yeux.

— Vous connaissez vraiment tout le monde ? Vous n'avez pas besoin de me répondre, je sais que c'est le cas…

— Je connais son père, en effet. Il était également avocat et député, et était assez brillant. Ton grand-père a plusieurs fois travaillé avec lui au Parlement. Mais, toi, comment connais-tu Sir Barrett ? s'enquit-elle, avec un espoir à peine dissimulé.

— C'est Val qui me l'a présenté.

— Dois-je vraiment te tirer les vers du nez ou tu penses que tu pourrais tout me raconter toi-même ? Pourquoi marchais-tu avec lui ?

— Parce qu'il était là… tenta Viola, qui savait pertinemment où voulait en venir sa grand-mère. Mais, non, Sir Barrett n'est pas un prétendant.

— De toute façon, tu peux avoir beaucoup mieux que lui… commenta sa grand-mère.

Cela était une autre raison pour laquelle Viola refusait

de se marier. Lorsqu'elle avait accepté la proposition d'Edmund, elle l'avait fait en partie à cause de qui il était : le fils d'un duc éminent. Avec le recul, un homme de son rang n'aurait jamais été le mari qu'elle recherchait.

— Et si je ne veux pas quelqu'un de beaucoup mieux que lui ? demanda-t-elle doucement, regardant ses genoux avant de se retourner vers sa grand-mère qui écarquillait les yeux d'étonnement.

— As-tu un... faible pour le député ?

— Non ! s'empressa-t-elle de répondre avec véhémence. Je veux dire… Si j'avais envie de me marier, comme vous me l'avez demandé – pour ne pas dire *martelé*, pensa Viola – mais avec un homme qui n'a pas de titre ?

— Je suppose que cela dépend de qui il s'agit. S'il est forgeron, je te préviens tout de suite, il en est hors de question ! Que ton frère fréquente ce genre de personnes dans sa *taverne* passe encore, mais toi, tu ne peux pas !

Si seulement elle savait, s'amusa Viola silencieusement en écoutant sa grand-mère continuer.

— En revanche, un député *pourrait* être acceptable.

Eh bien, c'était bon à savoir. Mais inutile. Car, même si sa grand-mère voulait à tout prix qu'elle se marie, Viola était encore plus farouchement décidée à rester célibataire.

CHAPITRE 7

*L*es femmes non mariées étaient-elles autorisées à porter cette couleur ? Jack ne put s'empêcher de regarder – à la dérobée – Lady Viola vêtue d'une magnifique robe marron bordée de rouge. C'était une couleur étonnante qui attirait l'œil, tout comme la femme qui la portait. Avec ses cheveux couleur miel élégamment noués, son corps élancé, et sa poitrine rebondie, elle était absolument divine, bien loin de Tavistock !

— Bonsoir, Barrett ! C'est assez rare de vous voir aux bals…

Jack se retourna vers son ami Adam Chamberlain, un ancien député du Lancashire qui siégeait désormais à la Chambre des Lords en tant que vicomte Whitworth.

— Ce n'est pas dans mes habitudes, en effet. Comment allez-vous, cher ami ?

— Très bien, merci. Je suis à la recherche d'une vicomtesse…

— Je suis content de ne pas avoir à m'inquiéter d'engendrer un héritier, répondit Jack avec un sourire.

— C'est pourtant très agréable d'essayer, croyez-moi !

ricana Whitworth. Qui est cette beauté en robe marron ? demanda-t-il en regardant dans la même direction que Jack.

— Lady Viola Fairfax, il me semble.

Whitworth tressaillit, et fit une grimace.

— Dans ce cas, non merci, fit-il avec un air de dégoût.

Jack le dévisagea, indigné.

— Que voulez-vous dire ?

— Ce n'est pas une femme avec laquelle j'envisagerais de me marier. Elle m'abandonnerait le jour de notre mariage, comme elle l'a fait avec le pauvre Ledbury.

Elle avait été fiancée au comte de Ledbury ? Pourquoi Jack ne l'avait-il jamais su ?

Parce que tu te fous des ragots mondains ! Tu ferais mieux de te demander pourquoi tu aurais su... se dit-il à lui-même.

— Je suis sûr qu'elle avait de bonnes raisons de ne pas l'épouser, déclara Jack, bien qu'il n'ait pas la moindre idée de ce qui avait pu la pousser à une telle folie.

Il ne connaissait pas bien Ledbury, mais il semblait être un type plutôt agréable, dévoué à son travail à la Chambre des communes, et absolument charmant en société.

— Vous la connaissez ? demanda Whitworth en arquant les sourcils.

Mince !

— Pas très bien... Mais je suppose simplement qu'elle avait de bonnes raisons. Quelle femme ferait une telle chose sans y être contrainte ?

— Vous avez sûrement raison, rétorqua Whitworth en haussant les épaules.

Mais son regard sceptique disait tout le contraire. Heureusement, un autre invité s'approcha d'eux et ils purent changer de sujet de conversation.

Jack s'excusa un instant plus tard et se dirigea discrètement vers le coin de la pièce où Lady Viola était en train de parler avec une autre femme. Il les salua en arrivant.

— Bonsoir, Mesdames !

Lady Viola le regarda avec surprise.

— Sir Barrett, quelle surprise ! Permettez-moi de vous présenter ma belle-sœur, Sa Grâce, la duchesse d'Eastleigh.

— Enchanté de faire votre connaissance, Votre Grâce, répondit Jack en inclinant la tête vers la grande et belle dame qui accompagnait Viola.

— Enchantée également, Sir Barrett. Nous nous sommes rencontrés très brièvement il y a une dizaine d'années, à Oxford. Mon père était alors directeur du Merton College.

Jack ne put retenir son étonnement.

— Je suis très heureux de faire votre connaissance. Votre père était un homme brillant, déclara-t-il avec admiration.

— Je vous remercie. Et je suis d'accord avec vous ! répondit chaleureusement la duchesse d'Eastleigh.

Maintenant qu'il l'avait officiellement rencontrée, Jack s'efforça de se souvenir que la duchesse d'Eastleigh lui avait dit qu'ils s'étaient rencontrés à Oxford. Il n'avait pas l'habitude des mondanités, mais il savait qu'il était important de ne pas oublier les informations mentionnées lors des présentations.

— Je suis venu vous demander si vous vouliez danser, demanda-t-il alors à Lady Viola.

— Non…

On aurait dit qu'il venait de lui demander de nettoyer ses bottes après qu'il avait marché dans un champ recouvert de fumier.

— … Merci ! s'empressa-t-elle d'ajouter.

La duchesse d'Eastleigh regarda Viola en souriant mais avec un regard un peu sévère.

— Ce que voulait dire Lady Viola c'est qu'elle n'a pas envie de danser *pour le moment*.

Lady Viola se renfrogna – Jack regarda sa bouche se serrer – puis elle se força à se détendre lentement, sans y parvenir tout à fait, malgré son sourire. Jack se retint de rire avec difficulté.

— Voilà, c'est ce que je voulais dire. Je serais ravie de faire quelques pas avec vous, cependant.

— Parfait ! s'exclama-t-il en lui offrant son bras. Veuillez nous excuser, dit-il à l'attention de la duchesse, avec un signe de tête.

Lorsqu'ils furent suffisamment éloignés, il sentit Lady Viola se décontracter. Pas complètement, mais suffisamment pour qu'il réalise à quel point son invitation à danser l'avait crispée.

— Vous n'aimez pas danser ?

— Pas particulièrement. J'ai presque réussi à éviter toute invitation au cours des dernières années, admit-elle, se raidissant à nouveau. Malheureusement, ma grand-mère ne cesse de me pousser sur la piste de danse…

Jack inspecta la salle de bal à la recherche de la douairière d'Eastleigh. Petite, avec des cheveux couleur neige et un regard qui aurait fait frémir n'importe quel homme, elle dégageait une force intimidante. Il ne l'avait rencontrée qu'une seule fois, mais cela lui avait suffi ! Malheureusement, elle était en train de l'observer de loin, comme une lionne prête à bondir pour protéger sa progéniture. Il réalisa alors qu'il avait à son bras la petite sœur d'un duc et se demanda s'il n'était pas trop audacieux…

— Je suis surprise de vous voir ici, dit lady Viola en lui jetant un coup d'œil en coin. Ne m'avez-vous pas dit, tout à l'heure, que vous envisagiez d'aller au *Brooks* ?

— En effet ! Mais, sachant que vous étiez ici, je n'ai pas résisté à l'envie de faire un saut…

— Ne me dites pas que vous êtes en train de me faire la cour ?

— Certai—*non* ! Bien sûr que non ! balbutia-t-il. Ne le prenez pas personnellement. Mais il se trouve que je ne fais jamais la cour. À personne.

C'était vrai… jusqu'à présent. Car, Lady Viola avait raison : peut-être était-il en train de lui faire la cour…

— Moi non plus. À quoi cela sert-il ?

Il faillit rire à nouveau, mais se retint et lui lança un regard admiratif.

— En effet. Néanmoins, si votre grand-mère souhaite que vous dansiez, peut-être aimerait-elle que vous soyez courtisée. Voire plus… ?

— Me marier, vous voulez dire ?

Lady Viola se contracta à nouveau. Tous ses traits étaient tirés. Même de profil, Jack ressentait son trouble.

— Une femme ne peut-elle pas danser sans qu'on s'attende à ce qu'elle se marie ? lui demanda-t-il.

Elle s'arrêta net et tourna le regard vers lui.

— C'est exactement ce que je pense, répondit-elle finalement, d'une voix à peine audible, comme si elle était abasourdie par sa question.

Ils se remirent à marcher et Jack la guida autour de la salle de bal, prenant soin d'éviter les autres convives.

— Est-ce pour cela que vous n'aimez pas danser ? Vous craignez que cela vous engage ?

— Probablement. Il y a toujours des attentes. Même si ce n'est pas le mariage, j'ai toujours le sentiment qu'une danse est une promesse de quelque chose, surtout si je danse plusieurs fois avec le même homme. C'est épuisant ! conclut-elle en levant les yeux au ciel.

— J'ai l'impression que vous trouvez cela plus qu'épuisant, dit-il avec un sourire amusé.

— Sir Barrett, je crois que vous commencez à très bien

me connaître. Devrais-je m'inquiéter ? lui demanda-t-elle en faisant mine d'être préoccupée.

— Non, rassurez-vous. Il y a beaucoup de choses que je ne sais pas sur vous. Par exemple, je viens d'apprendre ce soir que vous aviez déjà été fiancée.

Lady Viola devint rouge écarlate et il regretta aussitôt d'avoir abordé le sujet.

— Je suis désolé. Oubliez ce que je viens de dire, l'implora-t-il.

— Ce n'est rien, le rassura-t-elle en haussant les épaules. C'était il y a si longtemps. Presque tout le monde a oublié, désormais... Je suis d'ailleurs surprise que vous veniez de l'apprendre.

Il comprit qu'il y avait une question derrière sa remarque : *pourquoi quelqu'un lui avait-il révélé cet épisode de sa vie ?*

— J'étais en train de vous admirer depuis l'autre côté de la salle, répondit-il de manière vague, sans mentionner qu'il n'était pas le seul à le faire, ni que l'autre homme était celui qui lui avait parlé de son mariage « avorté ».

— Vraiment ? s'étonna-t-elle, d'une voix plus aiguë que d'habitude – à l'opposé de la voix qu'elle prenait lorsqu'elle était Tavistock.

— Le contraire aurait été surprenant de ma part. Votre robe est époustouflante.

Il mourait d'envie de la complimenter aussi pour sa coiffure, son port de tête, sa grâce... Mais il s'en tint à sa robe, s'efforçant de chasser les images d'elle qui assaillaient son esprit.

— Merci, rétorqua-t-elle timidement. Voulez-vous bien sortir un instant ? suggéra-t-elle tandis qu'ils approchaient des portes-fenêtres qui donnaient sur la terrasse. J'ai un peu chaud...

— Bien sûr !

Il la conduisit sur le balcon qui surplombait le jardin clos, et ils se dirigèrent vers la balustrade. Lorsqu'elle retira son bras, il ressentit immédiatement le manque de son contact. C'était la première fois qu'il en prenait conscience.

Elle resta silencieuse un instant en regardant le jardin, puis elle se tourna pour lui faire face. Elle découvrit qu'il ne s'était pas tourné, comme elle, vers le jardin ; il la regardait, tourné vers elle comme une plante attirée par la lumière du soleil.

— Je sens que vous mourez d'envie de savoir ce qui s'est passé lors de mes fiançailles et pourquoi je ne me suis finalement pas mariée… lança-t-elle d'un air enjoué.

— Et à quoi sentez-vous cela ?

Il lui souriait et elle planta son regard dans le sien.

— La racine de votre nez se plisse lorsque vous êtes particulièrement intéressé par quelque chose. Je l'ai remarqué à plusieurs reprises lors de notre *travail* commun.

— Vraiment ? rit-il, touchant, par réflexe, la racine de son nez. J'ai l'impression que vous commencez à très bien me connaître également, murmura-t-il.

En réalité, il était soufflé… Jamais une femme ne l'avait suffisamment bien connu pour remarquer les expressions de son visage dont lui-même n'avait pas conscience.

— C'est vrai que j'aimerais beaucoup savoir ce qui s'est passé, reprit-il tandis qu'elle ne disait rien, continuant de le regarder dans les yeux. Mais vous n'êtes pas obligée de me le dire. En tout cas, si je puis me permettre : de toute évidence, Ledbury est un âne !

Lady Viola éclata de rire, et elle couvrit sa bouche de sa main gantée. Sous le clair de lune, ses yeux semblaient briller de mille feux, et Jack était totalement subjugué.

— Ce n'est pas un *âne*, minimisa-t-elle lorsqu'elle cessa de rire. Il n'était tout simplement pas pour moi. Alors que je me préparais pour la cérémonie à l'église, j'ai réalisé qu'en me mariant avec lui, je ne pourrais plus jamais publier quoi que ce soit – ni dans un journal, ni dans une revue, ni même un livre. Il disait que cela n'était pas digne d'une comtesse. Enfin, pas digne de *sa* comtesse. J'aurais alors cessé d'exister en tant que Viola Fairfax et serais devenue à jamais la *comtesse de Ledbury*. Cette idée m'était insupportable.

Elle s'interrompit et regarda au loin avec un air triste mais qui n'exprimait aucun regret.

— Et puis, peut-être était-il *un peu* idiot, c'est vrai, reprit-elle pour détendre l'atmosphère.

Plus qu'un peu ! pensa Jack.

— Quand je me marierai, j'espère que ma femme restera qui elle est. Même en portant mon nom, je souhaite qu'elle reste pour toujours la femme dont je suis tombé amoureux.

Il toussa, se sentant soudain un peu mal à l'aise.

— Si j'ai la chance d'être amoureux un jour, comme mes parents l'ont été, reprit-il.

Le regard de lady Viola s'était adouci pendant qu'il parlait.

— Mes parents s'aimaient beaucoup, mais je ne pense pas que leurs sentiments l'un pour l'autre étaient plus profonds que cela. En revanche, mon frère est désespérément amoureux de sa femme. C'est vraiment beau à voir. Plus que cela même ! C'est fort, émouvant... *enivrant !*

Jack se sentait comme s'il était ivre. L'envie de l'embrasser l'envahit, à la fois choquante et excitante.

Au fur et mesure qu'ils se rapprochaient, l'air entre eux devenait plus épais et leurs respirations plus rapides. Jack n'entendait plus rien que le souffle de Viola. Il ne voyait qu'elle – c'était comme si tout le reste avait disparu.

— Nous devrions rentrer, proposa-t-elle, rompant instantanément le charme.

Prenant une profonde inspiration pour calmer son cœur battant, Jack lui offrit son bras une fois de plus.

— Ledbury a dû être très triste lorsque vous avez décidé de ne pas l'épouser ?

— Je pense en fait qu'il était soulagé. Son père et ma grand-mère avaient orchestré notre union, et, même si nous avions de l'amitié l'un pour l'autre, aucun de nous ne ressentait un amour sincère.

La poitrine de Jack se serra, et il fit de son mieux pour ignorer la sensation.

— J'ai changé d'avis au sujet de notre enquête. Je pense que nous devrions aller au *Brooks* lundi soir.

Elle s'arrêta sur le seuil des portes-fenêtres, juste avant qu'ils ne retournent dans la salle de bal.

— Vous êtes sûr ?

— Oui ! Je continue de croire que c'est dangereux, mais c'est trop important. Nous ne pouvons pas abandonner…

Il y avait réfléchi depuis qu'il l'avait vue, cet après-midi-là, mais leur conversation sur la terrasse avait fini de le convaincre. Lady Viola méritait de découvrir la vérité, et il l'y aiderait.

Elle lui serra le bras.

— Merci. Vraiment.

Lorsqu'un autre couple vint sur la terrasse, Jack guida rapidement Lady Viola à l'intérieur.

— Vous viendrez en tant qu'invité, et nous ferons ce que vous aviez prévu avec Pennington – nous tendrons les oreilles et découvrirons ce que nous pouvons.

— Et si nous faisions comme si nous savions déjà qui est le député ? suggéra-t-elle doucement, excitée par la perspective. Nous pourrions parler de la rumeur, puis faire comme si nous ne voulions pas mentionner le nom du député responsable. Comme tout le monde l'a fait…

— Vous pensez que Pennington a menti ? Qu'il en savait plus qu'il n'en a révélé ?

Elle haussa les épaules.

— En tout cas, c'est une possibilité. Je pense aussi qu'il est possible que Hodges en sache plus. Nous devrions retourner le voir.

— Peut-être, en effet. La seule chose qui m'inquiète, c'est que Tavistock se fasse repérer…

— Vous avez raison. J'y ai pensé, moi aussi. Aujourd'hui, dans le parc, j'ai abordé la question avec un homme que j'ai croisé.

Cette fois, Jack était réellement inquiet.

— À qui avez-vous parlé ?

Il n'était pas sûr de quoi il avait peur exactement. Il n'était pas du genre à craindre qui que ce soit. Mais que Lady Viola puisse être en danger le paniquait. Bon sang, que lui arrivait-il ?

— Sir Orford. Il avait l'air de ne rien savoir.

Jack ricana avec mépris.

— Comment pourrait-il ? Orford vient d'un bourg pourri parmi d'autres bourgs pourris payés par son père. Il ne prête attention qu'aux questions qui concernent sa famille.

Il la regarda d'un air sérieux et grave.

— Vous devez me promettre de ne plus recommencer. C'est déjà suffisamment grave que Tavistock enquête ; ce n'est pas la peine de mêler Lady Viola Fairfax à toute cette histoire…

— Je ferai attention, lui promit-elle.

Elle tourna la tête et ses yeux se rétrécirent légèrement.

— Ma grand-mère est en train de nous regarder. Elle va

demander pourquoi je me suis promenée avec vous au lieu de danser…

— Dites-lui que je suis blessé et que je ne peux pas danser ?

Elle sourit et Jack eut à nouveau terriblement envie de l'embrasser.

— Excellente idée !

Il devait à tout prix fuir, maintenant, s'il ne voulait pas dire ou faire quelque chose qu'il pourrait regretter.

— Je vous retrouve lundi à l'entrée de vos écuries. Neuf heures ?

Elle acquiesça.

— Je suis impatiente !

Ses yeux bleus brillaient toujours. Ils étaient magnifiques et rendaient Jack tout aussi impatient – probablement plus impatient qu'il ne l'avait été depuis très, très longtemps.

CHAPITRE 8

*L*undi soir, Viola descendit du fiacre après Sir Barrett et redressa le col de son manteau. Jack posa les yeux sur son gilet marron.

— J'aurais dû vous le faire changer.

Elle passa une main sur son front.

— Pourquoi ? J'aime beaucoup celui-ci ! C'est vrai qu'il est de la même couleur que la robe que je portais samedi, mais je suis certaine que personne ne le remarquera… Et de toute façon, l'interrompit-elle avant qu'il ne puisse répondre quoi que ce soit, même si c'était le cas, cela peut tout simplement vouloir dire que Sir Tavistock s'approvisionne chez le même drapier que Lady Viola Fairfax.

Jack soupira en levant les yeux au ciel.

— Vous avez toujours le dernier mot, n'est-ce pas ?

— Vous avez enfin compris ! Excellent, rétorqua-t-elle avec un sourire sardonique, avant de se diriger vers l'entrée du *Brooks*.

Le hall d'entrée était grandiose, avec des sols en marbre blanc et l'escalier caractéristique grimpant sur la droite. Elle se demanda où il pouvait bien mener, et réalisa qu'elle ne le découvrirait probablement jamais. Le fait qu'elle soit ici était déjà suffisamment étonnant.

Comme lors de sa dernière visite, son goût pour l'aventure la remplit d'excitation et d'impatience. Mais, cette fois, c'était encore mieux car elle n'était pas seule. Accompagnée par Sir Barrett, elle se sentait plus en sécurité.

Alors qu'ils rejoignaient la salle de jeux, ils saluèrent quelques membres du club.

— Il y a Pennington dans le coin, murmura Jack à l'oreille de Viola. Dirigeons-nous vers lui.

Elle acquiesça d'un discret signe de tête, et ils traversèrent la pièce, lorsqu'un autre homme arrêta Sir Barrett pour lui parler. Exaspérée d'être encore une fois interrompue et, surtout, d'être ignorée par l'homme qui ne s'adressa qu'à Sir Barrett, Viola poursuivit seule son chemin vers Pennington. Dans sa précipitation, elle faillit rentrer dans quelqu'un.

— Je suis désolé !

Le comte de Ledbury – *Edmund* – la regarda, son regard sombre autrefois familier teinté d'un air d'excuse. Il sembla l'étudier et Viola sentit la panique la gagner. Et s'il la reconnaissait ? Elle trouvait que les moustaches masquaient suffisamment sa féminité, mais Sir Barrett n'avait pas été dupe... Elle devait à tout prix ne pas montrer ses fesses.

— Ce n'est rien, répondit-elle d'une voix encore plus basse que d'habitude.

— Nous sommes-nous déjà rencontrés ? lui demanda Edmund en continuant de la dévisager avec un soupçon de confusion dans le regard.

— Je ne crois pas. Tavistock, enchanté !

— Ledbury, se présenta-t-il à son tour en serrant la main qu'elle lui tendit. Votre visage me dit pourtant quelque chose... Je suis sûr que nous nous sommes déjà vus quelque part. Mais où... ?

Viola était terrorisée. Elle devait s'éloigner de lui. Et vite !

— Bonsoir, Ledbury.

La voix douce et chaleureuse de Sir Barrett l'apaisa – du moins partiellement.

— Je vois que vous avez rencontré Tavistock.

— Oui, même si je suis sûr que nous nous étions déjà rencontrés, répondit Edmund sans quitter Viola des yeux. Bon, mais cela n'a pas d'importance. Ravi de vous rencontrer, Tavistock !

Viola inclina la tête.

— Brandy ? lui proposa Sir Barrett

— Avec plaisir ! répondit-elle, en soupirant presque de soulagement.

Ils s'excusèrent auprès de Ledbury et continuèrent leur chemin. Lorsqu'ils furent suffisamment loin, Sir Barrett ralentit.

— Je suis désolé de vous avoir laissée seule.

— Ce n'est pas votre faute, c'est moi qui suis partie... Je vous promets de ne plus le faire tant que nous ne serons pas sortis d'ici, s'excusa-t-elle.

— Il avait l'air convaincu de vous connaître. L'avez-vous déjà rencontré en tant que Tavistock ?

Elle fit non de la tête.

— Il ne va jamais au *Duc Fringant*, puisque Val en est propriétaire. Ce serait gênant.

— Vous pensez qu'il vous a reconnue ?

— Non, mais j'avoue que j'ai eu très peur... Jusqu'à maintenant, je pensais que mon déguisement était suffisant. Mais il ne vous a pas trompé. Edmund aurait pu lui aussi...

Elle s'interrompit, pensant à ce qui aurait pu se passer

si son ex-fiancé avait découvert qui elle était…

— Allons voir Pennington, reprit-elle d'une voix trop aiguë, ce dont elle se réprimanda mentalement.

— Oui, allons-y !

Ils arrivèrent à la table de Pennington sans autre incident. Il était assis avec deux autres messieurs.

— Tavistock, Barrett ! les accueillit Pennington en souriant. Asseyez-vous avec nous ! Vous devez connaître Naylor et Yates ?

— Bien sûr, confirma Sir Barrett en s'asseyant.

Un bref instant, Viola attendit qu'il tire sa chaise avant de réaliser qu'elle était censée être un homme. Elle s'assit alors avec empressement et pria pour qu'on lui serve un verre de cognac. Elle en avait bien besoin après avoir croisé Ledbury.

Tu sais très bien que ce n'est pas seulement à cause d'Edmund. C'est surtout que tu es habillée en homme au Brooks *!* se sermonna-t-elle intérieurement.

Rien à voir avec Jack Barrett. Rien du tout…

Son vœu fut exaucé et des verres de cognac furent rapidement servis. Aussitôt, Viola en but deux petites gorgées, puis elle fit de son mieux pour se joindre à la conversation sur la viande de cheval.

Au bout d'un moment, Naylor et Yates prirent congé. Viola échangea un regard avec Sir Barrett, qui lui fit un très léger hochement de tête pour lui signifier qu'elle devait faire ce dont ils avaient discuté.

— Pennington ! commença-t-elle. J'ai rendu visite à Hodges, l'autre jour, au pub. Il m'a tout raconté sur cet… *incident.*

Elle arqua les sourcils avant de prendre son verre et de faire semblant de prendre une autre gorgée. Faire croire qu'elle buvait autant que ses compagnons masculins était important pour rendre son rôle crédible.

Pennington fit la moue en plissant les yeux, comme s'il réfléchissait à ce qu'elle venait de lui dire, puis comprit à quoi elle faisait allusion.

— Oh ! L'*incident*. Il vous a *tout* dit ?

— Tout ! confirma-t-elle. Absolument fascinant !

— Est-ce qu'il vous l'a dit aussi ? demanda Pennington à Sir Barrett.

— Non, mais Tavistock m'a rapporté leur conversation. Qu'une chose pareille ait pu se produire est très choquant…

Pennington devint livide et bougea, mal à l'aise, sur sa chaise.

— Vous ne devez en parler à personne, murmura-t-il. Je n'aurais d'ailleurs rien dû vous dire moi-même l'autre jour, au *Duc Fringant*. J'espère que vous n'avez dit à personne que je l'avais fait ? s'enquit-il l'air littéralement effrayé.

Viola échangea un autre regard avec Sir Barrett, qui semblait partager son inquiétude.

— Non, nous n'en avons parlé à personne, dit Viola d'un ton neutre. Cependant, vous savez que je suis journaliste.

Pennington tressaillit.

— Écoutez, écrivez ce que vous voulez, mais je vous demande de ne pas citer mon nom. Je tiens à rester en dehors de tout cela.

— Bien sûr, le rassura Sir Barrett. C'est une affaire… sensible. Votre nom ne sera jamais mentionné. Pas comme celui de ce député responsable de l'attaque.

— Savez-vous de qui il s'agit ? leur demanda Pennington avec un regard qui exprimait à la fois la curiosité et l'effroi.

— Parce que vous ne le *savez* pas ? répliqua Sir Barrett avant que Viola puisse le faire.

Pennington secoua la tête.

— Heureusement, non. Mais je pense que ce n'est qu'une question de temps avant qu'il ne soit arrêté.

— Qu'est-ce qui vous fait penser cela ? lui demanda Sir Barrett en se penchant en avant.

Vidant son verre de cognac, Pennington le reposa sur la table et se leva brusquement.

— Si vous voulez bien m'excuser, j'ai un rendez-vous.

Puis il partit d'un pas pressé, comme si le club était en feu.

— À votre avis, qu'est-ce qui lui fait si peur ? murmura Viola en se tournant vers Sir Barrett.

— Je ne suis pas sûr, mais c'est pour le moins préoccupant. J'aurais aimé qu'il réponde à cette dernière question. Sait-il quelque chose qui le porte à croire que ce député est sur le point d'être arrêté, ou fait-il de simples suppositions ? se demanda Sir Barrett à haute voix en tapotant la table du doigt. Compte tenu de sa réaction, je crois que nous ferions mieux d'en rester là pour ce soir…

Viola était déçue, mais elle savait que c'était la meilleure chose à faire. La rencontre avec Edmund l'avait bouleversée, et le comportement étrange de Pennington n'avait fait qu'intensifier son sentiment de malaise.

Ils se levèrent et quittèrent rapidement la salle de jeux, se dirigeant vers la sortie sans s'arrêter pour discuter avec qui que ce soit. Une fois dehors, Sir Barrett héla un fiacre et demanda au cocher de les conduire aux écuries de Viola. Le fiacre n'avait qu'une seule banquette et ils durent donc s'asseoir l'un à côté de l'autre.

— Je vais vous déposer chez vous, puis j'irai au *Duc Fringant*, déclara-t-il.

— Est-ce que vous rentrez chez vous parfois ? s'étonna-t-elle.

— Bien sûr ! répondit-il, amusé.

— Où habitez-vous ?

— À King Street, en bordure de St James's Square.

En dehors de Mayfair. C'était certes un endroit à la mode, mais Viola prit soudain conscience du fossé qui les séparait : elle était la sœur d'un duc, et lui un avocat et député.

— Aimez-vous votre métier d'avocat, ou préférez-vous être député ?

Il sembla surpris par sa question, et elle réalisa qu'elle tombait comme un cheveu sur la soupe...

— J'étais simplement en train de penser à quel point nous sommes différents, expliqua-t-elle. Et pourtant pas tant que ça, ajouta-t-elle doucement.

Il se tourna vers elle et la regarda un instant.

— Je préfère mon rôle de député, dit-il finalement. J'aime pouvoir changer la vie des gens. Mon grand-père et mon père ont tous deux été députés avant moi. Je suis très honoré de suivre leurs traces.

Il avait l'air, en effet. Jack était un homme digne et fier, mais sans suffisance. Du moins, très peu, et le soupçon d'arrogance qu'il y avait en lui était plutôt séduisant, décida-t-elle. Ou peut-être était-ce tout simplement que Jack Barrett était attirant.

— Nous devrions probablement arrêter de fouiner, reprit-il, changeant de sujet. Cette rencontre avec Ledbury aurait pu mal tourner… Tôt ou tard, quelqu'un va finir par découvrir que vous êtes une femme.

— Vous voulez dire quelqu'un d'autre que vous ?

Il planta son regard dans le sien. Ses yeux étaient plus sombres que la nuit autour d'eux, mais emplis d'une énergie intense.

— Exactement. Si cela arrive, vous risquez d'avoir de vrais ennuis.

— Quel type d'ennuis ? s'inquiéta-t-elle.

— Le scandale. La ruine. Le désir…

Son cœur s'accéléra.

— Le désir ?

— Vous êtes une femme très attirante, même avec ce déguisement. Vous pourriez séduire n'importe qui...

— Vous, par exemple ? murmura-t-elle.

Il se pencha vers elle. Son visage était si près du sien qu'elle voyait sa très légère barbe naissante ombrager sa mâchoire.

— Comme moi...

Il continua de baisser la tête vers elle, et Viola retira à la hâte ses rouflaquettes, grimaçant légèrement en réaction à la légère douleur que cela lui provoqua.

— C'est mieux, susurra-t-il tandis qu'elle les rangeait dans sa poche.

Puis il prit le visage de Viola entre ses mains, ses pouces caressant l'endroit où, quelques secondes avant, se trouvaient encore ses fausses rouflaquettes. Il la regarda un instant en fronçant les sourcils, avant de retirer ses mains. Un instant, elle crut qu'il avait changé d'avis et la déception lui noua le bas du ventre, déjà en proie à l'excitation et au désir qu'elle ressentait pour lui. Mais Jack ne fit que retirer ses gants et reposa ses mains nues sur elle. Immédiatement, son angoisse disparut, laissant toute la place au désir.

— C'est mieux, dit-elle en souriant, reprenant ses mots.

Puis, fermant les yeux, elle accueillit avec délice ses lèvres qui se pressèrent contre les siennes.

Elle avait embrassé Edmund, bien sûr, assez passionnément même – c'était en tout cas ce qu'elle avait toujours pensé. Mais ce n'était rien en comparaison de la sensation qu'elle ressentit en embrassant Sir Barrett – *Jack.* Car, si elle appelait Edmund par son prénom, elle devait en faire autant avec lui...

Il l'embrassa doucement, sa bouche s'attardant sur la sienne comme une douce caresse. Puis il inclina la tête dans l'autre sens et l'embrassa à nouveau. C'était un baiser léger comme une plume qui ne faisait qu'attiser son désir sans le satisfaire. Elle en voulait plus !

Elle appuya sa main sur sa nuque et le tint immobile alors qu'elle l'embrassait plus fermement qu'il ne l'avait osé. Scellant sa bouche contre la sienne, elle écarta les lèvres. Sa langue s'enfonça à l'intérieur, et ce fut comme si une barrière invisible tombait.

Il lui prit l'arrière de la tête et, d'une main, fit tomber son chapeau. S'affaissant sur elle, il la fit basculer douce-ment contre la banquette, tandis que sa langue tournait lentement autour de la sienne. Son autre main glissa le long de son cou, de sa poitrine, puis se fraya un chemin à l'intérieur de son manteau, contre son gilet. C'était exacte-ment ce qu'elle avait voulu, ce qui lui avait manqué. *Manqué* était un terme étrange puisque c'était la première fois, mais elle réalisa, à cet instant, qu'elle n'avait vécu que pour ce moment. C'était tellement plus qu'avec Edmund. Elle était attirée par cet homme, dans ce fiacre, comme elle ne l'avait été par aucun autre.

Leur baiser se fit plus ardent. Elle retira son chapeau et enroula ses doigts dans ses cheveux épais.

Jack appuya sa main contre sa poitrine, enfermée sous une couche de mousseline. Pour la première fois, elle regretta son costume d'homme – elle aurait tellement aimé être dans une robe de femme, et que sa poitrine soit plus accessible ! Avide de ses caresses, son corps se tendit contre lui. Elle prit sa main et la guida sur son épaule, qu'il serra fermement. Il se dégagea alors une seconde d'elle pour la regarder dans les yeux, puis lui mordit la lèvre. Elle haleta, son soupir envahissant l'habitacle, et pencha sa tête en arrière tandis que les lèvres et la langue de Jack glis-sèrent le long de sa mâchoire, jusque dans son cou.

— Je déteste votre cravate, murmura-t-il.

Elle la détestait tout autant !

De toute façon, ils durent se détacher l'un de l'autre : le fiacre s'arrêta. Déjà.

Jack reprit ses esprits, tentant de rallonger son souffle qui était devenu terriblement court.

— Je vous demande pardon.

— Pourquoi ? Je refuse de vous l'accorder, répondit-elle en le regardant dans les yeux, sentant son ventre tressaillir.

Il la dévisagea quelques secondes sans répondre, en souriant, avant de revenir à lui.

— Gardez la tête baissée lorsque vous sortez. Voulez-vous que je vous accompagne ?

Oui, venez avec moi. Restez avec moi.

— Non, ça va aller. Je vous revois bientôt ? demanda-t-elle en ramassant son chapeau qui était tombé par terre.

— Bien sûr…

— N'oubliez pas que nous devons rendre visite à Hodges.

— Je n'oublie pas.

Il était incapable de prononcer davantage de mots.

— Demain ?

— Je ne peux pas demain. Mercredi ? Non, jeudi ! Quatorze heures.

— Serez-vous à l'heure ?

Le cocher donna un coup sur le toit et Jack ouvrit la porte en souriant.

— Je vais faire comme si je n'avais rien entendu ! répondit-il en riant.

Elle l'embrassa une dernière fois, vite et fort, ses dents traînant sur sa lèvre inférieure tandis qu'elle reculait.

— Bonne nuit.

Le sourire sur son visage ne s'estompa pas alors qu'elle rentra chez elle, ni lorsqu'elle s'endormit. En fait, il était toujours là lorsqu'elle se réveilla le lendemain matin.

CHAPITRE 9

*L*es deux derniers jours avaient été les plus longs que Viola ait jamais vécus. Elle ne pensait qu'à une chose : revoir Jack Barrett.

Et cela ne faisait même pas tout à fait deux jours. Encore. Mais ça ferait plus de deux jours lorsqu'elle le reverrait enfin. Le lendemain

Elle n'allait jamais pouvoir attendre jusque-là ! Pas plus qu'elle n'allait pouvoir supporter une autre nuit à se souvenir de la sensation de sa bouche sur la sienne, de ses mains sur son corps... Elle était dans la bibliothèque avec sa grand-mère en train d'étudier une carte, comme elle aimait le faire souvent mais, cette fois, son esprit n'était pas au voyage...

Blenheim entra dans la bibliothèque.

— Sa Grâce, le duc d'Eastleigh.

Val entra d'un pas décidé, une mèche de cheveux blonds frôlant son front, comme chaque fois qu'il venait de passer une main dans ses cheveux. À moins qu'il ne se soit décoiffé en retirant son chapeau ? Quelle que soit la raison, cela lui donnait un charme enfantin qui rappelait

à Viola leur jeunesse. Malgré leurs cinq années de diffé-
rence, ils avaient toujours été proches – à l'exception de
la période où il dut l'abandonner pour aller étudier à
Oxford. Puis, lorsqu'il était rentré, elle et leur grand-
mère avaient emménagé dans cette maison de Berkeley
Square.

— Quel plaisir de te voir, déclara sa grand-mère en le
regardant par-dessus les lunettes qu'elle portait pour lire.
Je commençais à penser que tu nous avais oubliées !

— C'est un peu exagéré, répondit Val avec un sourire. Je
vous rappelle, ma chère grand-mère, que je suis nouvelle-
ment marié, et que je dois donc m'occuper de ma femme.
Comme il s'agit de quelque chose que vous avez ardem-
ment désiré, je m'attendais à un peu plus de compréhen-
sion et de soutien de votre part.

Leur grand-mère gloussa et parut amusée, ce qui lui
arrivait rarement.

— Tu es impossible ! Tout comme ton père. Et ton
grand-père…

— Compte tenu de l'estime que vous leur portez à tous
les deux, je prends cela comme un très beau compliment,
répondit-il en se dirigeant vers sa sœur. Quels endroits de
la Terre es-tu en train de parcourir, aujourd'hui ? lui
demanda-t-il.

— L'Amérique du Sud. Je ne l'ai achetée qu'hier. Je suis
fascinée par les montagnes des Andes. N'aimerais-tu pas
rencontrer des montagnes si hautes que, les jours de
nuages, les sommets sont invisibles, perdus au milieu du
ciel ?

— Elle préfère passer son temps à rêver de chimères
plutôt que de faire quelque chose de productif, soupira leur
grand-mère.

Immédiatement, Viola se crispa. La douairière lui en
voulait toujours d'avoir dansé avec un seul homme au bal

des Goodrick, samedi dernier. Pourtant, était-ce sa faute s'il était le seul à l'avoir invitée ?

Elle ne comptait pas Jack Barrett, puisqu'elle n'avait pas dansé avec lui. Non pas qu'elle n'en ait pas eu envie, mais l'envie de lui parler avait été encore plus forte.

— Grand-mère, quand Viola se mariera – si elle décide de se marier un jour –, ce sera merveilleux, surtout parce que ce sera pour de bonnes et belles raisons, rétorqua Val joyeusement.

Il savait de quoi il parlait, lui-même ayant échappé aux griffes du curé jusqu'à ce que la femme parfaite, la femme qu'il adorait, soit arrivée. Leur histoire était tellement belle que Viola doutait que le destin puisse se montrer aussi clément une deuxième fois dans la même famille. De toute façon, elle n'était même pas sûre que l'homme parfait pour elle existait – ses attentes étaient bien trop déraisonnables pour un seul homme.

Pourtant, à ce moment de sa réflexion, Jack Barrett surgit dans son esprit.

Encore lui !

— Je suis tout à fait d'accord. Et c'est justement parce que cela t'est arrivé que Viola devrait songer à suivre ton exemple, répondit sa grand-mère en lançant à sa petite-fille un regard noir.

— Laissez-lui du temps, soupira Val.

— Je lui ai accordé cinq longues années, s'exclama leur grand-mère. Tu sais que, si elle ne se marie pas, c'est toi qui devras t'occuper d'elle lorsque je ne serai plus là…

— Bien sûr. Je n'abandonnerais jamais Viola. Je lui apporterai tout le soutien dont elle a besoin, confirma Val en adressant un sourire d'encouragement à sa sœur.

— Mais à quel prix pour ta propre famille ? s'agaça leur grand-mère en posant son livre sur la table qui se trouvait à sa droite. Aide-moi, veux-tu ? demanda-t-elle à son petit-fils après avoir retiré ses lunettes.

Val se précipita à son secours, et l'aida à se relever en la prenant par le bras.

— Je ne suis pas infirme, maugréa-t-elle.

Puis elle quitta la bibliothèque à grands pas, la tête haute, le dos droit, et aussi raide qu'une falaise du Colorado.

Viola gémit doucement et posa son front contre la carte pendant un bref instant.

— Ne l'écoute pas… la consola Val en lui posant une main sur l'épaule.

Elle releva la tête vers lui.

— J'essaie, mais c'est de plus en plus difficile ! Il ne se passe pas un jour sans qu'elle n'aborde le sujet.

— Tu sais, ce n'est pas si terrible de…

— Ah non ! Tu ne vas pas t'y mettre, toi aussi ? l'interrompit-elle.

— L'amour est merveilleux. Tu devrais essayer… Voilà tout !

C'était vrai. Elle n'avait jamais connu l'amour. Pas l'amour romantique, en tout cas.

— Je suis toujours considérée comme une paria. Je peux difficilement danser ou converser avec des hommes quand aucun ne s'approche de moi…

— Certains le font, la reprit-il. Je rêve ou je t'ai vue en compagnie de Jack Barrett au bal des Goodrick ?

Sa grand-mère l'avait vue aussi et avait, évidemment, souligné le fait que Viola s'était promenée avec lui *deux fois* dans la même journée. Cela allait faire scandale ! s'était-elle exclamée.

— Nous partageons des points de vue communs sur la politique. Je ne vois pas ce qu'il y a de mal à cela !

— Je suppose que grand-mère t'a dit que ça l'était ?

Viola adopta le ton impérieux de la douairière.

— Ce n'est pas le genre de gentleman que je devrais épouser, paraît-il !

Val sourit.

— Lui as-tu dit qu'elle n'avait pas à s'inquiéter puisque Jack n'a aucune envie de se marier ? Il est un célibataire encore plus endurci que je ne l'étais moi-même. En tout cas, pour l'instant… Il ne prend même pas de temps pour une maîtresse. Pardon, oublie ce que je viens de dire ! lui lança-t-il avec un regard d'excuse.

— Je ne suis pas nonne, rétorqua Viola, ignorant l'étincelle de plaisir que le commentaire de son frère avait provoquée en elle.

Non, elle n'était pas une nonne, comme en témoignait son baiser avec Jack l'autre soir. Et le fait qu'elle avait hâte de recommencer. Être attirée par lui, cependant, n'était pas de l'amour, et le mariage avec lui – ou avec qui que ce soit d'autre – était hors de question.

Val sortit une lettre de son manteau.

— C'est arrivé pour toi au *Duc Fringant* aujourd'hui.

Elle prit la missive. *Tavistock* était écrit en grosses lettres sur l'enveloppe. Levant les yeux vers son frère, elle l'ouvrit et son rythme cardiaque s'accéléra en découvrant le contenu. Lorsqu'elle eut terminé de lire, elle craignit que Val ne s'aperçoive de son trouble.

Cher Monsieur Tavistock,

Votre enquête sur l'attaque contre le prince régent est la preuve que la vérité doit être rendue publique. Sir Jack Barrett, député du Middlesex, est un sympathisant des radicaux. Il a notamment rencontré certains d'entre eux au Crown & Anchor *la veille de l'attaque contre le prince. Et nous savons, de source sûre, que Jack Barrett est l'instigateur de l'attaque.*

Nous pensons que vous devez publier ces informations avant qu'une autre attaque ne soit perpétrée.

Sincèrement vôtre,

Un citoyen concerné.

Les mains de Viola tremblaient. Jack ne pouvait pas avoir fait une chose pareille. C'était impossible ! Sinon, pourquoi l'aidait-il à découvrir ce qui s'était passé ?

Mais l'aidait-il vraiment ?

En y réfléchissant, il avait essayé de la convaincre d'arrêter l'enquête. L'autre soir, au *Brooks*, il l'avait même fait sortir du club avant qu'elle ne puisse parler avec quelqu'un d'autre que Pennington. C'était comme s'il essayait de contrôler l'enquête. Ce qui avait du sens s'il était impliqué, comme l'auteur de cette lettre le prétendait.

Cette pensée lui donnait la nausée.

— Rien de grave ? lui demanda Val.

— Non, non, répondit-elle vaguement en repliant la missive qu'elle posa sur ses genoux. Quelqu'un qui me demande d'écrire un article sur lui, mentit-elle.

Beaucoup de clients du *Duc Fringant* lui avaient en effet demandé ce service.

Val ricana.

— Certaines personnes aiment la notoriété. Fais ce que tu veux mais, s'il te plaît, ne me mentionne pas dans ton article.

— Je ne le fais jamais, le rassura-t-elle. En revanche, j'ai bien peur de ne pas pouvoir m'empêcher de faire un article sur ton mariage pour dire à quel point tu sembles heureux !

Val éclata de rire.

— Je suppose qu'il n'y aurait aucun mal à cela. D'ailleurs, tes articles ne font jamais aucun mal – tu es toujours d'une incroyable gentillesse lorsque tu écris sur les autres.

Elle pensa à ce qui pourrait arriver au député lors-qu'elle écrirait à son sujet. Ou plutôt, ce qui pourrait arriver à Jack Barrett, puisqu'elle savait désormais que c'était lui le fameux député. Si l'auteur de la lettre disait vrai…

— Je serai au *Duc Fringant*, ce soir, déclara-t-elle.

Elle devait y aller. Elle pourrait ainsi voir Jack. Et elle *devait* le voir.

— Très bien. J'y ferai moi aussi un saut. À plus tard, dans ce cas ? dit Val en l'embrassant avant de prendre congé.

Lorsqu'il fut parti, Viola déplia la lettre et la relut. Encore et encore, jusqu'à la connaître par cœur. Le choc et la consternation avaient alors laissé place à la colère et à un sentiment de trahison absolue.

Pourtant, la raison lui soufflait qu'il y avait une chance que ce ne soit pas vrai. Mais était-ce véritablement la raison ? N'était-ce pas plutôt quelque chose de bien plus stupide, comme ce qu'elle ressentait pour lui ?

Car ses sentiments *étaient* stupides. Elle ne voulait pas tomber amoureuse. Ce n'était pas pour elle. Elle était simplement attirée par Jack. Or, une attirance n'était qu'un inconvénient qu'elle pouvait – et qu'elle *voulait* – négliger. Elle le devait ; au nom de la vérité, qui était bien plus importante pour la journaliste qu'elle était.

Pour l'heure, Jack était son principal écueil.

orsque Jack entra au *Duc Fringant*, il était presque dix heures. Fatigué par une journée de débats, il aurait probablement dû rentrer chez lui. Au lieu de cela, il s'était persuadé de s'arrêter boire une bière. Après tout, la taverne était sur son chemin…

— Barret !

Il leva la main en guise de salutation et s'apprêtait à s'asseoir à sa place habituelle lorsque son regard rencontra celui de Viola. Ou plutôt, de Tavistock. Elle était assise dans un coin avec quelques autres hommes, et l'avait clairement vu entrer. Ses yeux étaient rivés sur lui, et elle semblait tendue.

Quelque chose n'allait pas.

Mary lui apporta une chope de bière.

— Bonsoir, dit-elle en battant des cils et en effleurant habilement son bras avec sa poitrine alors qu'elle se pencha devant lui.

Fronçant les sourcils, il la chassa de son esprit et se tourna à nouveau vers Viola, qui l'observait toujours. D'un discret signe de tête, il lui indiqua le fond de la taverne, espérant qu'elle comprendrait qu'il souhaitait la retrouver dans la remise.

Il quitta alors le salon privé et se dirigea nonchalamment vers la petite pièce, celle dans laquelle il avait recollé les rouflaquettes de Viola la semaine dernière. En entrant, il posa sa chope sur une étagère.

Quelques instants plus tard, elle le rejoignit, fermant la porte derrière elle.

Sa présence dans cet espace fermé et faiblement éclairé le catapulta immédiatement dans le fiacre, l'autre soir, au moment de leur baiser. Alors que les images l'assaillaient, il sentit la même chaleur l'envahir et il espéra qu'elle aurait la même furieuse envie que lui de l'embrasser à nouveau…

Il s'avança vers elle — il ne fit qu'un pas — mais elle recula et se plaqua contre la porte. Puis, d'un air froid, elle plongea la main dans son manteau, dont elle sortit une feuille pliée, qu'elle lui tendit.

— Pourriez-vous m'expliquer, s'il vous plaît ? demanda-t-elle sèchement. Si tant est qu'il y ait une explication, bien sûr…

Inquiet, il prit la feuille puis se déplaça jusqu'à la petite lanterne pour la lire. Au fur et à mesure qu'il lisait, la colère et l'incrédulité s'emparèrent de lui.

Lorsqu'il eut terminé, il se tourna pour lui faire face.

— Tout est faux !

— Vous n'étiez pas au *Crown & Anchor* ?

— Je… *Bon sang* ! Oui, j'y étais ! Mais je n'y ai rencontré aucun radical ! Tout le monde va là-bas, et cela ne veut pas dire que tout le monde orchestre des complots pour tuer le prince !

— Alors comment expliquez-vous cette lettre ?

Il baissa les yeux sur le papier qu'il tenait à la main.

— Je ne sais pas… Les divagations d'un fou ? Ou d'un lâche ? L'auteur n'a même pas signé ! De toute évidence, quelqu'un cherche à me piéger.

— Vous pensez que quelqu'un souhaite que j'écrive un article en disant que vous êtes l'instigateur de l'attaque contre le prince ?

Qui ferait ça ? Beaucoup de monde, malheureusement, se dit Jack en y réfléchissant. Il avait beaucoup d'ennemis politiques. Mais jamais il n'aurait pensé que l'un d'eux aurait été capable d'aller aussi loin… Cela le rendait fou de rage.

— Je ne vois aucune autre explication, dit-il doucement.

— Peut-être s'agit-il de quelqu'un qui se trompe de bonne foi ? Cette personne vous aura vu au *Crown & Anchor* et aura pensé que vous étiez le député à l'origine de l'attaque ?

— Mais on ne sait même pas si cette histoire de député prétendument impliqué est vraie ! s'emporta-t-il.

Si le débarras n'avait pas été si petit, il aurait fait les cent pas.

— Peut-être que tout cela est une machination ? Si ça se trouve, il n'y a jamais eu de député sympathisant avec les radicaux. Si ça se trouve, tout cela est un coup monté pour me discréditer ?

— Vous « discréditer » ? Mais ce serait pire que cela ! Vous pourriez être emprisonné pour des allégations pareilles !

Elle avait probablement raison, en tout cas au vu de la conjoncture.

— Il n'y a aucune preuve tangible, la rassura-t-il, détestant qu'elle ait pu douter de lui. Je ne serais jamais condamné, car *je n'ai absolument rien fait !*

Gagné par la rage, il froissa le bord de la lettre dans son poing, se promettant d'en retrouver l'auteur... Lorsqu'il leva son regard vers celui de Viola, elle était toujours plaquée contre la porte, et le regardait d'un air méfiant.

— Vous ne me croyez pas... constata-t-il d'un ton morne.

Il avait en lui tellement d'émotions qu'il n'était même plus sûr de pouvoir en ressentir aucune...

— Je *voudrais* vous croire... Mais je ne sais plus si je le dois. En y réfléchissant, certaines de vos convictions sont assez radicales...

— Tout comme certaines des vôtres. Pour autant, seriez-vous prête à tuer le prince régent ? Je devrais peut-être vous demander ce que vous faisiez ce soir de janvier...

Elle le fusilla du regard et il regretta immédiatement ce qu'il venait de dire.

— Je sais parfaitement que vous n'avez rien à voir avec tout cela, murmura-t-il. Je voudrais simplement que vous pensiez la même chose de moi.

Plusieurs longues secondes s'écoulèrent.

— Vous m'avez répété plusieurs fois d'être prudente, répondit-elle finalement en expirant. Je suis votre conseil, voilà tout.

Et il la comprenait. Il la regarda intensément, puis fit un pas vers elle, veillant à ne pas aller trop loin pour ne pas l'effrayer.

— Alors je vais vous prouver mon innocence. Un soir, je vous emmènerai au *Crown & Anchor* et vous présenterai les hommes que j'y ai rencontrés ce soir-là afin qu'ils puissent vous dire de quoi nous avons discuté.

Surprise, elle écarquilla les yeux.

— Sont-ils radicaux ?

— Ce sont des Philanthropistes spencéens. Nous avons discuté des procès qui doivent prochainement avoir lieu pour les hommes ayant pris part aux émeutes de Spa Fields. J'ai un ami avocat qui défend l'un d'entre eux.

— Oh… fit-elle doucement, en baissant les yeux. Les avez-vous interrogés sur l'attaque ? lui demanda-t-elle en relevant le regard vers lui. Peut-être qu'ils savent ce qui s'est réellement passé ?

— Non, je ne l'ai pas fait.

Il put presque entendre son indignation.

— En tant que journaliste, il est de mon devoir de suivre toutes les pistes sur lesquelles mes enquêtes me mènent. Or, vous m'avez caché des informations importantes !

Lui aussi était en colère – Viola ne comprenait décidément pas le danger que représentait la situation.

— J'essayais de vous protéger ! s'exclama-t-il. Ce sont des *radicaux*, Viola ! Vous comprenez ce que cela veut dire ? Certains d'entre eux sont en prison en attendant d'être jugés pour *trahison*.

— Je ne vous ai jamais demandé de me protéger, dit-elle en plissant les yeux. Vous n'êtes ni mon frère, ni mon mari, ajouta-t-elle d'un ton sarcastique qui lui fit froid dans le dos.

Ils se regardèrent en silence quelques instants, puis il lui rendit la lettre.

— Demain, nous n'irons pas au pub de St James Street. Je vous emmène au *Crown & Anchor* !

Aussitôt, elle sembla se détendre.

— Pourquoi ne pas y aller dès ce soir ? proposa-t-elle d'un ton adouci.

CHAPITRE 10

*L*e *Crown & Anchor* était une taverne assez importante juste à côté du Strand, sur Arundel Street. Comme au *Duc Fringant*, toutes sortes de clients avaient l'habitude de s'y retrouver. En revanche, contrairement à la taverne du frère de Viola, celle-ci disposait d'un espace pour de grandes réunions formelles.

Jack conduisit Viola à l'intérieur du salon principal.

Elle pencha la tête en arrière et leva les yeux vers le plafond à caissons avec ses boiseries décoratives et les deux énormes de lustres qui illuminaient la pièce.

— Est-il vrai que Charles James Fox a célébré l'un de ses anniversaires ici ? demanda-t-elle.

Il acquiesça.

— C'est vrai... On raconte qu'il y avait plus de deux mille invités ! Il y a une vingtaine d'années, la *London Corresponding Society* organisait ses réunions ici...

— N'étaient-ils pas aussi des radicaux ?

— C'est encore vrai ! Leurs activités ont provoqué l'adoption de lois antisédition, alors que nous pensions qu'une telle répression appartenait à un autre temps...

Elle continua à étudier la pièce.

— Vous imaginez si le *Duc Fringant* était aussi luxueux ?

— Non, mais je trouve que le *Duc Fringant* est déjà très confortable...

— Moi aussi, en fait. Ce qui est étrange si l'on tient compte du fait que je suis une femme et que la plupart des clients sont des hommes. Même s'il *y a* des femmes là-bas, ajouta-t-elle avec un regard espiègle. Principalement des serveuses. Mais j'imagine que vous les avez parfaitement remarquées...

— Pourquoi dites-vous cela ? lui demanda-t-il en fronçant les sourcils.

— Je sais très bien que Mary aimerait faire plus que de vous servir...

— La *barmaid* ? s'étonna-t-il en la prenant par le bras pour la conduire plus loin à l'intérieur, à la recherche de ses amis spencéens. Elle est sympathique, mais rien de plus...

— Vous plaisantez ? Elle se jette pratiquement sur vous chaque fois qu'elle vous voit. Comment pouvez-vous ne pas l'avoir remarqué ?

— Si, je l'ai remarqué. Mais je fais comme si je ne voyais rien...

Elle le dévisagea en secouant légèrement la tête.

— Les hommes sont tellement bizarres, murmura-t-elle. Cela fait pourtant près de deux ans que je me fais passer pour un homme, mais je ne vous comprends toujours pas...

Était-elle jalouse ?

— Mary ne m'intéresse absolument pas. Elle ne m'a jamais intéressé ! s'exclama-t-il, espérant que cela suffirait à lui faire comprendre qu'il n'avait jamais touché – ni même embrassé – Mary. Vous savez, j'ai très peu de temps pour le flirt dans mon emploi du temps. Voire pas de temps du tout...

— Je vois.

Elle s'était débarrassée de son ton suspicieux, au profit d'un certain contentement. Il fit mine de ne pas remarquer et se retint de rire.

— Donc, ces Spencéens peuvent se retrouver ainsi, librement ? demanda-t-elle.

— Ils ne sont pas nombreux, et il n'y a aucune loi qui leur interdit de se rassembler...

— Ce sont les réunions de plus de cinquante personnes qui sont interdites, n'est-ce pas ?

Il hocha la tête mais ne répondit rien, car il aperçut son ami Henry Dean. Il était assis à une table de l'autre côté de la pièce, sous un large tableau qui représentait des bateaux sur la Tamise. Aussitôt, Jack la conduisit vers lui.

— Bonsoir, Dean ! Permettez-moi de vous présenter mon ami Tavistock.

Dean se leva et tendit la main à Viola. Elle la serra fermement, essayant d'être la plus masculine possible. Elle ne pensait peut-être pas comme un homme, mais elle s'était beaucoup entraînée pour en avoir l'apparence.

— Enchanté de vous rencontrer, Tavistock ! Puis-je vous offrir une bière à tous les deux ? leur demanda Dean, en agitant déjà la main à l'attention d'une serveuse.

Dean était un homme costaud d'une quarantaine d'années. Viola remarqua qu'il lui manquait un petit doigt.

Dès qu'ils furent assis, deux chopes de bière leur furent servies.

— Merci d'avoir accepté de nous rencontrer aujourd'hui, déclara Viola.

Dean hocha la tête en sirotant sa bière. Puis il posa sa chope, et regarda Jack et Viola d'un air franc et chaleureux.

— Comment puis-je vous aider ?

Jack lui avait envoyé une note demandant à le rencontrer, indiquant vaguement qu'ils avaient besoin d'aide, sans donner plus de détails.

— Il s'agit d'une question sensible, commença Jack.

— Je suppose que c'est lié aux Spencéens ?

La voix grave de Dean semblait résonner dans toute la taverne, bien qu'il ait baissé d'un ton.

— Dans ce cas, en effet, c'est une question sensible, ajouta-t-il avec un sourire entendu.

Jack échangea un regard avec Viola, puis s'avança légèrement vers leur hôte.

— Nous avons entendu dire que l'un d'entre eux aurait peut-être contribué à attiser les tensions après les émeutes de Spa Fields.

— Personne n'avait besoin d'attiser quoi que ce soit, rétorqua Dean. Nous étions tous très tendus après ces émeutes.

— Au point de tenter d'assassiner le prince ? demanda Jack.

Les yeux ambrés de Dean s'écarquillèrent brièvement.

— Faites attention à ce que vous dites, Barrett…

— Ce n'est pas du tout une accusation, le rassura Jack. Vous connaissez ma sympathie pour votre organisation. Même si je ne suis pas d'accord avec toutes vos idées et que le comportement de certains de vos membres me déplaît, je trouve scandaleux que vous soyez réduits au silence…

Dean parut se rasséréner.

— Mais il se trouve que quelqu'un essaie de *me* lier à l'attaque contre le prince, reprit Jack. Quelqu'un prétend m'avoir vu participer à une réunion, ici, la veille des évènements.

— Bon sang ! souffla Dean. Vous étiez ici, mais il n'y avait que vous, moi, et quelques autres. Ce n'était pas du tout une réunion ! Je me souviens très bien : nous discutions de Watson et de sa bande…

Jack tourna brièvement la tête vers Viola.

— Watson faisait partie de ceux qui ont été arrêtés lors des émeutes de Spa Fields, lui expliqua-t-il.

Elle hocha brièvement la tête, puis tourna son attention vers Dean de l'autre côté de la table.

— Vous souvenez-vous de quelqu'un qui aurait pu être ici, ce soir-là, et qui pourrait chercher à discréditer Jack ?

Dean fronça les sourcils, les yeux rivés sur sa chope pendant un moment. Lorsqu'il releva la tête, son regard était pensif.

— Non, désolé. Mais c'est grand ici, vous savez… En tout cas, je ne connais personne qui pourrait vouloir créer des ennuis à Barrett, ajouta-t-il en souriant à Jack. Depuis que je vous connais, vous avez toujours prêché la protestation non violente et le dialogue.

— Merci, répondit Jack avec gratitude, même si cela ne les avançait pas beaucoup. Je suis heureux de savoir que vous pensez cela de moi. Mais, comme vous le comprendrez certainement, je dois découvrir la vérité si je veux éviter d'avoir des problèmes…

Dean réfléchit un instant en passant ses doigts sur son menton.

— Si c'est un Spencéen – mais je ne pense pas que ce le cas – il a agi seul. Car nous n'avons jamais organisé quoi que ce soit, je peux vous l'assurer.

— Je le sais, répondit Jack. Mais peut-être que de nouveaux membres se sont joints à vous à la fin de l'année dernière ? Avez-vous remarqué un comportement étrange, un détail qui pourrait laisser penser que l'un de vos membres pourrait commettre un acte de violence ?

— Je suis désolé de ne pas pouvoir vous aider, soupira Dean en secouant la tête. Nous nous réunissons très peu depuis les évènements de Spa Fields. Nos dirigeants sont en prison...

Quatre d'entre eux attendaient en effet d'être jugés. Jack le savait.

— Je comprends, dit-il en prenant une longue gorgée de bière pour apaiser sa frustration.

— Quand est votre prochaine réunion ? demanda Viola.

Jack reposa sa chope d'un seul coup, et la regarda, paniqué, comprenant qu'elle avait l'idée de participer à la réunion. Mais avait-elle la moindre idée du danger qu'elle encourrait ? Il allait devoir l'en empêcher et elle allait être furieuse contre lui.

— Nous n'avons pas vraiment de réunions, dit lentement Dean, regardant Viola d'un air méfiant.

— Tavistock ne dira rien à personne, le rassura Jack. *Si* une réunion est prévue, cela m'aiderait beaucoup de pouvoir y assister...

Surpris, Dean le regarda en clignant des yeux.

— Vous savez que vous vous mettriez en danger ? Vous devez faire attention en ce moment, Barrett.

— Nous le devons tous, malheureusement, reprit Jack d'un air sombre. Mais je dois aussi faire en sorte d'être lavé de tout soupçon avant que quelqu'un essaie de me faire arrêter.

Dean le dévisagea un instant, l'air hésitant.

— Le quatorze. Au *Bull & Fox*, finit-il par lâcher.

— Je vois très bien où cela se trouve, répondit Jack avec satisfaction.

Il connaissait bien cette petite taverne située près de Lincoln's Inn Fields. Il y avait passé beaucoup de temps pendant ses études de droit.

— La réunion a lieu le soir ?

Dean acquiesça d'un signe de tête en prenant une gorgée de bière.

— Mais, je vous préviens, il se peut que nous annulions au dernier moment. Nous sommes très prudents…

— Entendu.

Puis Jack regarda Viola qui écoutait attentivement, pour lui signifier qu'il était temps de partir.

— Serez-vous là également ? demanda Dean à Viola.

— Euh… Non, balbutia-t-elle. J'ai un autre engagement ce soir-là. Malheureusement.

Jack leva sa chope suffisamment haut devant son visage pour masquer sa surprise, puis but une gorgée. Il était plus que choqué. Il était impressionné.

— C'est tout aussi bien, déclara Dean. Barrett est très connu et sa présence ne surprendra personne. Mais, vous, personne ne vous connaît – sans vouloir vous offenser – et nos membres risqueraient de se montrer méfiants.

— Je ne veux surtout pas être un frein… assura Viola.

Dean lui sourit avec sympathie.

— En tout cas, vous devez être un bon ami de Barrett pour l'aider dans son enquête ?

C'est ce que Jack avait mentionné dans sa note à Dean pour justifier qu'il serait de Tavistock.

— C'est vrai, confirma Jack. Et je peux vous assurer que j'ai besoin de tous les amis que je peux avoir, en ce moment…

Puis il se leva, et fut imité par Viola et Dean.

— Vous pouvez également compter sur mon amitié, lança Dean en lui tendant la main.

— Merci, Dean. J'apprécie, répondit Jack en lui serrant la main.

Une minute plus tard, Jack et Viola étaient dehors, sur le Strand. Il héla un fiacre, et regarda Viola tandis que la voiture s'approchait d'eux.

— Est-ce que cela vous dérange si je me fais déposer à Charing Cross ? Je dois retourner à Westminster.

Il se sentait mal à l'aise de la laisser continuer seule jusqu'à Berkeley Square, mais pensa qu'elle ne risquait pas grand-chose en étant habillée en Tavistock.

— Pas du tout. Je suis tout à fait capable de rentrer chez moi seule...

— Je n'en étais pas sûr. Comme il fait encore jour, j'ai pensé que vous ne seriez pas rassurée. Ce n'est pas votre heure habituelle pour sortir... la taquina-t-il avec un clin d'œil.

Lorsque le fiacre arriva à leur hauteur, il donna les instructions au cocher puis monta après elle.

La voiture était plus large que celle qu'ils avaient prise la dernière fois, et il put s'asseoir en face d'elle, ce qui était peut-être pour le mieux. Plus il y avait de distance entre eux, moins il avait de risque d'être attiré par elle.

C'était en tout cas ce dont il essaya de se persuader...

— Avez-vous vraiment un engagement le quatorze ?

— Non.

— Je suis surpris que vous ne vouliez pas assister à la réunion...

Elle lui sourit et il s'aperçut que la distance ne pouvait pas grand-chose pour le protéger de son attirance pour elle...

— Je meurs d'envie d'y assister ! le corrigea-t-elle. Mais, si je suis impatiente, je ne suis pas stupide. D'ailleurs, en toute honnêteté, je ne suis même pas sûre de vouloir que vous y alliez...

Un soupçon de joie l'envahit. Donc, elle tenait à lui... Autant qu'il tenait à elle. Leur association s'était transformée d'une manière qu'il n'avait pas soupçonnée.

— Je dois y aller, dit-il. Je dois découvrir qui essaie de faire croire que j'ai quelque chose à voir avec l'attaque contre le prince.

Elle le regarda attentivement.

— Avez-vous des ennemis ?

— Je ne dirais pas que j'ai des « ennemis ». Disons que je suis en désaccord avec beaucoup de députés, mais il y a une courtoisie et une confiance mutuelles entre nous. C'est en tout cas ce que j'ai toujours cru… Il semble que je sois quelque peu naïf, conclut-il sans prendre la peine de cacher sa déception.

Jamais il n'aurait pensé que certains membres du Parlement auraient pu aller aussi loin.

— Vous ne l'êtes pas. De tels actes sont abjects. Qui aurait cru qu'une chose pareille soit possible ? déplora-t-elle avec un air de dégoût.

Ils se turent un moment avant que Viola ne brise le silence.

— Je suis désolée d'avoir douté de vous. Je comprends maintenant pourquoi vous ne m'avez pas parlé de votre entrevue avec les Spencéens et pourquoi vous ne vouliez pas que je les rencontre. Je savais que nous vivions une époque dangereuse, mais peut-être n'en étais-je pas suffisamment convaincue. Pardonnez-moi…

— Merci, lui dit-il doucement en souriant. Jamais je n'ai eu l'intention de vous cacher quoi que ce soit…

Le fiacre commença à ralentir et, en regardant par la fenêtre, Jack constata qu'ils étaient presque à Charing Cross.

— Je suppose que je ne vous reverrai qu'après le quatorze ? demanda-t-elle lorsque le fiacre s'arrêta.

— En effet, confirma-t-il, faisant de son mieux pour dissimuler sa déception.

— S'il vous plaît, soyez prudent. Je détesterais vous voir en prison.

— Je crois que je n'aimerais pas beaucoup cela non plus, ironisa-t-il en riant.

Puis il descendit du fiacre et, en regardant la voiture

s'éloigner et se mêler à la circulation, il réalisa que ces quatre prochains jours allaient être une éternité.

Un enfer !

Pour la première fois de sa vie, Jack était complètement captivé par une femme. C'était nouveau, et il ne savait pas comment gérer cela.

∿

*V*iola espérait que sa grand-mère appréciait qu'elle ait dansé. Avec un vicomte, qui plus est !

— Merci pour cette danse, très cher, dit-elle poliment à Lord Orford, accrochée à son bras alors qu'ils quittaient la piste de danse.

— Tout le plaisir fut pour moi, très chère. Cela me fait regretter encore plus amèrement de ne pas avoir pu assister au bal des Goodrick la semaine dernière, comme prévu, et de ne pas y avoir dansé avec vous, comme je vous l'avais promis.

Il ne le lui avait pas *promis,* mais elle jugea néanmoins que c'était gentil de sa part de s'en souvenir.

— Pouvons-nous faire quelques pas ? lui proposa-t-il.

— Certainement !

Elle était impatiente de poursuivre la conversation qu'ils avaient commencée au parc, et avait craint de ne pas en avoir l'occasion. Le quadrille qu'ils venaient de danser ne s'était pas prêté à beaucoup d'échange, et certainement pas à un sujet tel que la tentative d'assassinat du prince régent.

Aussi, dès qu'ils furent suffisamment au calme, aborda-t-elle directement le sujet avant de ne plus en avoir l'occasion.

— J'espère que vous ne me jugerez pas impertinente, mais j'aurais aimé vous poser quelques questions sur notre

discussion de la semaine dernière, au parc. J'ai eu le sentiment que vous saviez peut-être quelque chose à propos de
cette... *attaque.*

Elle fit attention de choisir ses mots avec soin et de ne
pas parler trop fort pour ne pas être entendue par les
autres invités. Il y avait de nombreux visages familiers,
mais aucune trace de Jack Barrett, malheureusement...

— Lady Viola, j'ai plutôt le sentiment que c'est vous qui
savez quelque chose au sujet de cet... *incident,* répondit
Orford d'un ton mesuré.

— Absolument pas !

— Hélas, moi non plus.

Il s'arrêta et la regarda.

— C'est un sujet plutôt dangereux, vous savez, et c'est
maintenant la deuxième fois que vous l'aborder. Permettez-moi de trouver cela quelque peu étrange...

Mince ! Visiblement, elle avait encore beaucoup à
apprendre sur la discrétion de tout bon journaliste.

— J'ai entendu des rumeurs, voilà tout, murmura-t-elle
en regardant autour d'elle d'un air méfiant.

Ils continuèrent de marcher.

— Vous devriez savoir qu'il ne faut pas écouter les
rumeurs, lui conseilla-t-il d'un ton condescendant, presque
paternaliste.

Elle battit des cils en le regardant d'un air faussement
innocent.

— Vous avez raison. Mais je sais aussi qu'il n'y a pas de
fumée sans feu... Je suis sûre que vous-même ne pouvez
qu'être intrigué. À moins que le bien-être de notre prince
vous soit égal ?

— Euh... Non... Pas du tout ! bredouilla-t-il. Bien sûr
que cela ne m'est pas égal ! Vous m'insultez en insinuant le
contraire...

— Je n'insinue rien du tout, Lord Orford, répondit-elle

doucement. Je vous ai posé une question, et je suis heureuse de savoir que le prince vous importe autant qu'à moi.

« Importer » était certainement un terme un peu excessif, Lord Orford étant davantage connu pour son égocentrisme que pour son altruisme, mais, sur le moment, c'est tout ce qui lui vint à l'esprit...

Il ouvrit la bouche pour parler, mais la referma brusquement. Elle soupçonna qu'il voulait lui demander ce qu'elle avait entendu, mais il venait de lui faire la leçon et il ne pouvait donc décemment pas s'adonner lui-même aux commérages. Il était pris à son propre piège et Viola réprima un sourire moqueur.

Heureusement, ils arrivèrent vers sa grand-mère qui était assise contre le mur. Elle était seule, son amie, la comtesse douairière de Dunwich, n'occupant plus le siège à côté d'elle.

— Je vous ai vus danser. Vous étiez magnifiques ! les complimenta sa grand-mère. J'espère que vous vous êtes bien amusés ?

— Très bien ! confirma Viola en retirant son bras de celui de Lord Orford.

Lord Orford s'inclina devant la douairière, puis devant Viola.

— Mesdames, je vous souhaite une bonne soirée ! leur lança-t-il.

Bon débarras ! pensa Viola avec un sourire de convenance, avant de prendre place à côté de sa grand-mère.

— Il ferait un excellent mari ! lui souffla sa grand-mère lorsque le vicomte eut disparu.

— Peut-être. Mais je dois dire que je le trouve très arrogant...

— Tous les hommes sont arrogants ! persifla la vieille dame. Plus tôt tu l'accepteras, plus tôt tu trouveras quelqu'un. Je te rappelle que tu as dit la même chose de Ledbury.

Sa grand-mère avait peut-être raison, mais elle trouvait néanmoins que tous n'avaient pas le même niveau d'arrogance. Ledbury l'était moins qu'Orford, mais bien plus que son frère ou que Jack. Certes, Val et Jack avaient de l'arrogance en eux, mais une arrogance qui ne la dérangeait pas. En y réfléchissant, elle se dit que ce qui pouvait chez eux passer pour de l'arrogance était davantage de la confiance en eux, et une forme de conscience objective de leur supériorité. Peut-être devrait-elle écrire un article sur l'arrogance des hommes...

— Viola !

Elle sortit de sa rêverie et cligna des yeux vers sa grand-mère.

— Oui, quoi ?

— Je viens de te dire qu'il y avait certainement un homme pour toi, quelque part. Tu ne l'as juste pas encore trouvé.

Viola n'y croyait pas vraiment. Elle avait rencontré beaucoup d'hommes au cours des sept dernières années... Et si elle était condamnée à être seule ?

Condamnée ? Depuis quand l'idée d'être seule la dérangeait-elle ?

— Et si... Si je ne le trouvais jamais ? demanda-t-elle doucement, évitant le regard de sa grand-mère.

— Ne dis pas de sottises ! Attention, Mildred est de retour.

Viola leva les yeux et découvrit Lady Dunwich devant elle. Elle se leva pour laisser sa place à la comtesse qui était quelques années plus âgée que sa grand-mère et marchait avec une canne.

— Vous êtes-vous amusée, ma chère ? lui demanda Lady Dunwich d'un ton enjoué.

Viola avait toujours été intriguée par l'amitié qui unissait les deux femmes. Alors que sa grand-mère était austère – pour ne pas dire terrifiante – Lady Dunwich était chaleureuse et tout à fait charmante. Pourtant, ces deux-là étaient liées comme les doigts de la main.

— Lord Orford est tellement charmant ! chuchota Mildred en adressant à Viola un regard complice.

— Il danse très bien, répondit habilement Viola, refusant de dire qu'elle le trouvait charmant.

Car, si Lord Orford était indéniablement attrayant, il n'était rien à côté de Jack, dont l'intellect pétillant et le charme vibrant faisaient de lui l'homme le plus séduisant que Viola ait jamais rencontré. Et ce, quelle que soit son arrogance – ou sa confiance en lui, selon comme on voulait appeler cette assurance toute masculine…

Elle se surprit à scruter de nouveau la salle de bal en espérant le trouver. Elle ne vit aucun Jack, mais elle aperçut Isabelle, sa belle-sœur, et décida d'aller lui parler, plutôt que d'écouter les deux aînées échanger au sujet de Lord Orford.

— Je vous prie de bien vouloir m'excuser. Je vais aller discuter un peu avec Isabelle, déclara-t-elle.

Elle fit la révérence à Lady Dunwich, inclina la tête vers sa grand-mère, puis se précipita vers Isabelle, qui l'accueillit chaleureusement.

— Quelle robe magnifique ! lança-t-elle immédiatement en admirant la robe vert sapin et ornée de broderies dorées, que portait Viola.

— Merci ! Elle m'a valu deux danses ce soir, ce qui est mon record depuis ma rupture avec Ledbury !

— Alors nous devons fêter cela ! s'exclama Isabelle en riant. Allons prendre une coupe de champagne !

Isabelle fronça les sourcils en regardant Viola.

— Mais tu n'as pas l'air si enthousiaste que cela… Tu as même l'air franchement paniquée.

— Non… C'est juste que ma grand-mère voudrait me jeter dans les bras d'Orford alors que je le trouve terriblement condescendant, expliqua Viola.

— Alors raye-le de la liste !

Viola lança à Isabelle un regard ironique.

— Il n'y a pas de liste.

— Et tu voudrais qu'il y en ait une ?

Viola voulut répondre « non » mais aucun son ne sortit de sa bouche. La panique dont avait parlé Isabelle s'empara finalement d'elle et elle resta figée. Elle réalisa soudain que, c'était vrai, elle n'avait pas de liste. Même pas un seul nom ! Pourtant, elle aurait aimé trouver un homme dont elle serait amoureuse, et qui serait amoureux d'elle. Mais l'idée d'une telle magie entre deux personnes lui paraissait totalement impossible. Et pourtant… L'amour entre Isabelle et Val était la preuve que c'était possible.

À moins qu'elle ne soit pas faite pour l'amour ?

Non seulement, depuis sa rupture avec Ledbury, était-elle considérée comme une paria, mais elle aimait en plus étudier des cartes et écrire jusqu'à ce que ses doigts soient couverts d'encre noire. Elle détestait danser et – surtout – et elle aimait parler politique. Et puis peut-être n'était-elle pas attirante ? Ni physiquement ni intellectuellement… S'était-elle inconsciemment rendue indésirable pour éviter le mariage ?

De toute façon, pourquoi se posait-elle toutes ces questions ? N'était-elle pas heureuse, seule ? Qu'était-il en train de se passer ? C'était comme si tout son monde avait basculé, sans qu'elle sache exactement pourquoi, et qu'elle n'avait plus aucun repère…

— Excuse-moi, je vais aller me reposer un instant dans le salon, esquiva Viola.

Troublée, elle tourna les talons et quitta la salle de bal en direction du salon qui se trouvait à l'étage. Mais, avant d'atteindre les escaliers, elle le vit. *Lui.* Celui qu'elle avait cherché toute la soirée. Le seul qui semblait attiré par elle – physiquement, en tout cas. Ou qui l'avait été au moins une fois. Peut-être.

Viola se précipita vers lui et lui prit la main. Sans un mot, elle chercha un endroit où se réfugier avec lui. À côté des escaliers se trouvait une grande porte qui semblait donner sur un débarras. Elle l'ouvrit, et expira de soulagement – c'était bien un débarras !

Elle l'attira à l'intérieur et ferma la porte derrière eux, s'enfermant avec lui dans l'obscurité.

— Viola ? demanda Jack, l'air confus.

— Pensez-vous qu'un homme puisse m'aimer ? lui demanda-t-elle de but en blanc.

— Êtes-vous… ?

Il s'interrompit en soupirant.

— Je ne suis pas la meilleure personne pour répondre à cette question. Car je n'ai jamais été amoureux, avoua-t-il.

— Moi non plus, murmura-t-elle.

Elle tenait toujours sa main dans la sienne. C'était son unique repère. Le débarras était plus petit que celui du *Duc Fringant*, et il y régnait une odeur de linge propre et de savon, et non de houblon et d'orge comme dans celui de la taverne.

— Peut-être sommes-nous, vous et moi, incapables d'aimer ? s'inquiéta-t-elle.

— Je ne pense pas que…

— Embrassez-moi, l'interrompit-elle – car elle non plus ne voulait pas penser.

Jack enroula sa main autour de sa taille et l'attira contre lui, écrasant sa poitrine contre la sienne. Sa bouche effleura sa joue, sans qu'elle sache si c'était intentionnel ou non. Mais peu lui importait... Il l'embrassa à plusieurs reprises, jusqu'à ce qu'il trouve ses lèvres, puis l'intérieur de sa bouche.

Lorsque sa langue rencontra la sienne, Viola s'agrippa à ses épaules, et s'abandonna dans ses bras confortables et rassurants. Elle fit glisser ses doigts sous son col pour sentir sa peau, tandis que Jack inclina la tête, l'embrassant de plus en plus passionnément.

Pourtant, elle avait le sentiment que ce n'était pas encore assez. Elle voulait toute sa bouche. Elle voulait *tout* de lui.

Il pressa sa main contre le bas de son dos, rapprochant son bassin du sien. Malgré les épaisseurs de son jupon et de sa robe, elle sentit son érection, et un désir aussi fou que violent s'empara d'elle.

Il détacha ses lèvres des siennes avec un doux gémissement, puis les fit glisser sur sa mâchoire et le long de son cou.

— Nous devrions arrêter pendant qu'il en est encore temps, murmura-t-il contre elle alors même que sa langue traçait la ligne de sa clavicule.

Il avait raison. Elle le savait. Mais elle ne le pouvait pas. Pas encore.

Sans répondre, elle passa ses mains dans ses cheveux, gardant précieusement sa tête dans son cou. Elle aurait tellement aimé qu'ils puissent déchirer leurs vêtements ! Elle mourait d'envie de découvrir son torse, et la courbe de ses fesses qui – elle en était certaine – étaient magnifiques.

Elle se reconnaissait à peine. Jamais elle ne s'était sentie aussi libre et libérée – et elle adorait cela !

— Vous sentez tellement bon, murmura Jack, les lèvres collées sur son décolleté.

Elle haleta, ferma les yeux, priant pour qu'il continue de la parcourir, mais il se détacha d'elle, d'un seul coup.

— Nous devrions arrêter, répéta-t-il, avant de l'embrasser de nouveau.

Ils s'embrassèrent avec fougue, leurs langues humides et chaudes se mêlant l'une à l'autre tandis que leurs mains parcouraient leurs corps. Lorsqu'il posa une main sur ses seins, elle osa descendre la sienne jusque sur ses fesses.

Finalement, ils se séparèrent, haletants.

— Nous devrions arrêter…

Cette fois, il avait l'air de le penser.

Elle ne pouvait qu'être d'accord avec lui. Elle ne pouvait pas décemment perdre sa virginité dans le débarras de…. Où étaient-ils déjà ? Elle ne savait même plus.

— Vous avez raison, confirma-t-elle, bien que tout son corps crie le contraire – ses seins étaient durs et elle devait retenir ses mains inexorablement attirées par Jack.

— J'étais en train d'aller dans le salon pour me reposer un peu, bredouilla-t-elle maladroitement.

— Et je viens juste d'arriver. J'espérais vous voir.

— Il semble que vous ayez été exaucé ! plaisanta-t-elle.

Elle tenta de rire, mais elle était en réalité terriblement mal à l'aise.

— Sauf que je vous vois à peine. En fait, je ne vous vois même pas du tout ici, ce que je regrette car j'aime vous voir lorsque vous êtes Viola…

— Oh…

La déception sincère qu'elle perçut dans sa voix la bouleversa et elle fut momentanément à court de mots.

— Vous me préférez en Viola ?

— Je vous préfère avec des seins. J'ai adoré les sentir, d'ailleurs, ajouta-t-il d'une voix rauque.

Leurs souffles emplirent la pièce.

— Cette conversation prend un tour dangereux, dit finalement Jack. Vous devriez y aller…

— Vous avez raison... J'ai été très heureuse de vous voir. Ou de ne pas vous voir, plutôt !

— C'était... *incroyable*, surenchérit-il, déclenchant en elle une chaleur intense.

Elle n'avait jamais désiré personne autant qu'en cet instant. Jamais…

— Je ferais mieux d'y aller, murmura-t-elle.

Malgré le désir ardent qui la consommait, son rythme cardiaque avait ralenti et elle sentait qu'elle pouvait sortir du débarras sans éveiller les soupçons.

Avec beaucoup de réticence, elle souleva le loquet, ouvrit la porte, et sortit. Puis elle se précipita dans les escaliers jusqu'au petit salon, priant pour qu'il soit vide.

Ce n'était pas le cas, mais la chance lui souriait une fois de plus, car la seule personne présente était Isabelle, laquelle regarda Viola avec un mélange d'interrogation et d'inquiétude. Viola réalisa qu'elle avait quitté la salle de bal la première et qu'Isabelle avait dû s'étonner de ne pas la trouver.

— J'ai été retenue par un… ami, déclara Viola.

Elle regretta aussitôt d'avoir trouvé une si mauvaise excuse qui, visiblement, n'eut pas l'effet escompté.

— Un ami gentleman aux cheveux noirs ? demanda doucement Isabelle avec un sourire complice. Je t'ai vue entrer dans le débarras avec lui… Je t'ai suivie quand tu as quitté la salle de bal car tu semblais bouleversée et je m'inquiétais pour toi. En revanche, maintenant, tu sembles… Enfin, bref !

— Tu nous as vus ? s'inquiéta Viola, paniquée.

— Oui. Mais ne t'inquiète pas, personne d'autre que moi ne vous a vus. J'ai vérifié. Mais tu as eu de la chance… Vous n'avez pas été très discrets !

— Je sais, admit Viola, horrifiée.

Elle l'était sincèrement. Mais pas suffisamment pour regretter ce moment volé avec Jack.

— Ne t'inquiète pas, je ne dirai rien à personne. Je suis contente pour toi, tu sais. Mais, s'il te plaît, sois prudente.

Viola éclata de rire.

— Pourquoi, à cause de ma réputation ? Cela n'a guère d'importance. Je sais que ma grand-mère veut que je me marie mais, pour la plupart des hommes, je ne suis pas un parti envisageable.

Ce qui l'avait toujours arrangée, tant elle ne voulait pas se marier. Mais, pour la première fois, elle n'en était plus si certaine.

— Tu te trompes... Lord Orford, en tout cas, semblait penser le contraire. Sinon, pourquoi aurait-il dansé avec toi ?

— Parce que c'est un idiot ? suggéra Viola avec un large sourire, préférant se cacher derrière l'humour pour éviter de réfléchir à la question.

Car elle craignait de trouver une réponse. De réaliser qu'elle se souciait de sa réputation. Qu'aucun homme ne pouvait l'aimer – même Jack avait été incapable de lui assurer le contraire. Et – pire que tout – qu'elle voulait trouver un mari. Qu'elle voulait que quelqu'un l'aime.

Parce qu'*elle* était peut-être en train de tomber amoureuse de quelqu'un.

Non. Décidément, elle ne voulait pas réfléchir à la question...

CHAPITRE 11

Le *Bull & Fox* était une petite taverne nichée juste à l'extérieur de Lincoln's Inn Fields. Les étudiants en droit et les jeunes avocats aimaient s'y retrouver, ainsi que quelques radicaux. Il y avait une petite salle à l'étage qui accueillait régulièrement des réunions politiques. Ce soir-là, ce devait être celle des Philanthropistes spencéens.

Si elle avait été maintenue.

Jack monta les escaliers étroits et frappa doucement à la porte. Henry Dean entrouvrit la porte et, en voyant qu'il s'agissait de Jack, l'ouvrit en grand pour le faire entrer.

Une vingtaine d'hommes étaient présents – des ouvriers et des artisans costauds, comme Dean – que Jack ne connaissait pas tous. Dean le présenta comme John Barr, John étant son vrai prénom, et Barr la moitié de son nom de famille. Jack serra la main à chacun, et prit place à côté d'un forgeron nommé John Castle.

Dean ouvrit la réunion, commençant par donner des nouvelles de leurs dirigeants qui étaient emprisonnés, avant de faire un point sur leur défense et le procès qui devait prochainement avoir lieu. Jack connaissait les avocats qui s'occupaient de cette affaire et savait qu'ils gagneraient certainement.

Le groupe discuta ensuite de la marche de Manchester, puis déplora le décès de William Cobbett, considéré comme héros par les radicaux.

— Le *Political Register* vit grâce à Benbow, déclara Dean.

Le journal, fondé par William Cobbett, était très lu par la classe ouvrière, ce qui agaçait de nombreux collègues de Jack au Parlement.

Lorsque la réunion fut close et que les uns et les autres se mirent à parler entre eux, Jack décida d'aborder Castle qui se trouvait juste à côté de lui.

— Il me semble vous avoir déjà vu à une réunion auparavant... commença-t-il.

Castle haussa les épaules.

— C'est possible. Je viens depuis plusieurs années.

— Étiez-vous à Spa Fields ?

— Si vous ne savez pas, je ne risque pas de vous le dire ! fit l'autre en riant.

Jack supposa que c'était la meilleure réponse, du moins la plus sûre, mais elle le découragea. Il comprit que personne ne lui communiquerait des informations facilement et qu'il aurait du mal à découvrir la vérité ce soir-là.

— Qu'en est-il du jour de l'ouverture du Parlement ? Étiez-vous sur le parvis ce jour-là ?

Castle l'étudia en plissant les yeux

— Si vous faites référence à l'attaque de Prinny, j'espère que vous n'êtes pas en train de me soupçonner de quoi que ce soit...

— Absolument pas ! Je voudrais simplement avoir des détails sur ce qu'il s'est passé. Connaissez-vous quelqu'un qui y était ?

— Même si c'était le cas, je ne vous le dirais pas, maugréa Castle d'un ton ferme.

— Je ne veux causer d'ennuis à personne, s'agaça Jack. J'essaie seulement de… peu importe ! capitula-t-il avant de se lever et de se diriger vers la porte.

Dean le rejoignit avant qu'il ne sorte.

— Il y a un problème ?

— Aucun… Mais c'était une erreur de venir ici. Je ne peux pas m'attendre à ce que ces hommes me fassent confiance. Ils ne peuvent donc pas m'aider… Quelqu'un répand des rumeurs et des mensonges à mon sujet, et je ne sais même pas par où commencer.

— Qui sont vos ennemis ?

— Quelqu'un d'autre m'a posé la même question, s'amusa-t-il malgré lui en repensant à Viola. Mais je ne pense pas que quiconque puisse m'en vouloir – en tout cas pas au point de vouloir faire croire que je suis impliqué dans une tentative d'assassinat. Mais, visiblement, je me trompe… Pourtant, je ne vois pas de qui il peut s'agir, et je vois encore moins quelle pourrait être la motivation de cette personne ou de ces personnes…

— Pourtant, moi, je vois très bien. Vous êtes considéré comme un champion par nos sympathisants. J'imagine que cela doit parfois vous rendre impopulaire au Parlement…

— Oui, mais je ne suis pas seul dans ce cas…

— Mais peut-être que vous n'êtes pas le seul à connaître de tels problèmes ?

Dean marquait un point. Jack devait parler à Burdett et aux autres dès que possible, et leur demander si eux aussi avaient connu quelques difficultés ces derniers temps.

— Merci, Dean ! dit Jack en lui donnant une tape amicale sur l'épaule.

Finalement, il n'était pas venu pour rien…

Il quitta la taverne et prit un fiacre pour rentrer chez lui.

Cela lui rappela Viola. Tout comme il avait pensé à elle lorsque Dean lui avait posé une question… En fait, il pensait à elle tout le temps.

Il appuya sa tête contre la banquette et ferma les yeux, laissant son esprit vagabonder. C'est ainsi qu'il fut transporté jusqu'à Viola. Plus précisément, jusqu'au débarras où il l'avait embrassée, l'autre soir, au bal.

La tenir dans ses bras – en tant que Viola, et non en tant que Tavistock – l'avait bouleversé. Il avait presque été incapable de se détacher d'elle. Que lui arrivait-il ? Il ouvrit les yeux et passa une main sur son visage. Était-ce cela « tomber amoureux » ?

Jack pensa à ce que son père lui avait dit, à propos du fait qu'il ne devait pas attendre pour se marier. Peut-être avait-il raison ? En même temps, il était en train de construire sa carrière. Lorsque les Whigs reprendraient le pouvoir, il espérait avoir un poste au Gouvernement. Il devrait alors consacrer son temps et son énergie au Parlement ; non à une femme, et encore moins à une famille.

Mais il ne pouvait s'empêcher de repenser à ce que lui avait dit son père. Le regret, il le savait, était une émotion terrible.

Mais donc ?

Donc rien. Il ne pouvait pas tomber amoureux de Viola. Ce serait de la folie. Pour mille raisons… De toute façon, même si lui voulait se marier, elle n'en avait aucune envie, et ne le voudrait certainement pas plus dans cinq ans, au moment où Jack avait prévu de le faire.

Pourtant, l'attirance entre eux était évidente. Peut-être qu'ils pourraient avoir une liaison… ?

Jack se redressa et se frotta le front comme pour chasser la bêtise de son cerveau. Était-il réellement en train d'envisager une liaison avec la sœur d'un duc ? Le scandale était peut-être bénéfique pour les ducs royaux, mais Jack n'était qu'un simple député avec des aspirations ministérielles. Et puis, quoi qu'il en soit, il ne pouvait pas salir Viola d'une telle manière. Certes, elle était une femme indépendante et libre, mais cela n'y changeait rien : il avait déjà été trop loin.

S'il était un vrai gentleman, il couperait complètement les ponts avec elle. Cette enquête n'allait nulle part et pourrait se solder par un désastre s'ils ne faisaient pas attention.

Viola serait bouleversée, car elle était déterminée à écrire cet article sur l'attaque du prince. Mais, de toute façon, que pouvait-elle bien écrire ? L'enquête piétinait et ils ne savaient rien. Il n'aurait qu'à lui donner d'autres sujets d'article. La Chambre des communes était une source intarissable de nouvelles ; elle aurait de quoi faire une chronique hebdomadaire. Il lui en parlerait – elle serait certainement enthousiasmée par l'idée.

Mais cela la lierait encore trop à lui…

Bon sang ! Il s'était mis dans un bourbier dont il allait avoir du mal à se tirer…

~

C'était un après-midi splendide pour une promenade, à cheval ou à pied, dans Hyde Park. Tout le monde semblait avoir eu la même idée et le parc ressemblait un peu à un essaim d'abeilles. Les véhicules et les chevaux tentaient difficilement de se frayer un passage, tandis que les piétons passaient d'une connaissance à une autre et se discutaient, debout, comme des coups de pinceau sur une toile impressionniste.

Au milieu de tout cela, Viola essayait de trouver Jack. Elle était installée dans le brougham qui avançait lentement en direction du *Ring*, là où Jack lui avait donné rendez-vous. *Juste après dix-sept heures*, disait la note qu'il lui avait envoyée. Elle regrettait qu'il n'ait pas choisi une heure plus matinale, avant que le parc ne se transforme en un joyeux désordre.

Cela faisait maintenant un quart d'heure, et il ne le voyait toujours pas. Elle se rassit contre le siège, épuisée. Et si elle ne le trouvait jamais ? Pourtant, elle mourait d'envie de savoir ce qui s'était passé lors de la réunion avec les Spencéens.

Enfin, elle aperçut sa silhouette en train de marcher dans sa direction.

— Grand-mère, je vais sortir et me promener à pied, lança-t-elle, la main sur la poignée de la portière.

Le valet de pied sauta à terre et ouvrit la porte avant que Viola ne puisse le faire.

— Je vais demander à Turner de se garer à l'ombre, lui dit sa grand-mère avant qu'elle ne descende. Il fait un peu trop chaud pour moi, aujourd'hui.

— Je vous rejoins lorsque j'ai terminé ! lança Viola en descendant, avant de s'éloigner rapidement.

Un papillon virevolta devant elle, et son battement d'ailes lui rappela la sensation qu'elle ressentait dans le bas de son ventre, alors qu'elle s'apprêtait à retrouver Jack.

Lorsqu'elle fut à sa hauteur, il s'inclina et lui offrit son bras. Elle imagina qu'il l'emmènerait dans un bosquet isolé où ils pourraient continuer ce qu'ils avaient commencé dans le débarras, au bal, et elle était folle de joie.

— Je suis heureuse de voir que vous allez bien après la réunion d'hier soir, commença-t-elle.

— Je vais bien, en effet, je vous remercie. Même si ce fut un déplacement inutile, j'en ai bien peur…

— Pourquoi cela ? lui demanda-t-elle en se tournant vers lui et en le regardant avec inquiétude.

Il baissa la tête, accablé.

— Comment ai-je pu croire que ces hommes me feraient suffisamment confiance alors que je suis député ? Dès l'instant où j'ai abordé le sujet de l'attaque du prince, celui à qui je m'adressais s'est senti offensé - à juste titre, je suppose.

Il s'interrompit et secoua la tête en soupirant.

— Je suis un piètre enquêteur, et je commence à penser que nous devrions laisser cela aux Coureurs de Bow Street.

— Voulez-vous que nous allions les voir ? le pressa-t-elle.

— Et leur dire quoi ?

Elle ralentit et réfléchit un instant.

— Nous pourrions leur montrer la lettre que j'ai reçue à votre sujet.

Il s'arrêta complètement et la regarda.

— Vous l'avez toujours ?

— Elle est sous clé, en sécurité. J'ai pensé qu'il était important de le garder comme preuve.

— C'est certainement une façon de voir les choses, dit-il d'un ton ironique. Mais elle est surtout incriminante, vous ne trouvez pas ?

— C'est pour cela que je l'ai mise dans un endroit où personne ne pourra la trouver, rétorqua-t-elle à voix basse. J'aimerais beaucoup écrire un article sur ce qui s'est réellement passé, mais je crois que, pour l'heure, le plus important est de protéger votre réputation.

Il la regarda fixement, se laissant envahir par le désir malgré lui.

— Viola, c'est…

Elle ne sut jamais ce que Jack était sur le point de lui dire, car ils furent interrompus par Sir Caldwell et Sir Humphrey.

— Barrett ! lança Caldwell. On m'a rapporté, vous concernant, des propos très alarmants.

Il regardait Jack en fronçant les sourcils, avec une grimace de dégoût. Sir Humphrey se tenait à côté de lui, l'air tout aussi perturbé.

— Vraiment ? demanda Jack d'un air faussement décontracté.

— Il paraît que vous auriez été vu hier soir à une réunion des Philanthropistes spencéens ?

Caldwell parlait si fort que les passants autour d'eux s'arrêtèrent pour regarder ce qui se passait.

— Et ce n'est pas tout... On raconte que vous seriez impliqué dans les émeutes de Spa Fields, et peut-être même dans cette scandaleuse attaque contre le prince régent...

— C'est totalement absurde ! s'exclama Viola, hors d'elle et paniquée.

Elle jeta un coup d'œil à Jack, qui semblait impassible, si ce n'était le discret resserrement de sa bouche et de sa mâchoire.

— Je ne vous permets pas, dit-il doucement, d'un ton presque menaçant qui fit frissonner Viola.

Caldwell se redressa, et toisa Jack d'un air à la fois railleur et supérieur.

— On vous a vu au *Bull & Fox* hier soir. Pouvez-vous prouver que vous n'y étiez pas ?

Non, il ne le pouvait pas. Car il y était... La situation était un désastre absolu !

— Je le peux ! intervint Viola sans réfléchir, ignorant la constriction de la main de Jack sur son bras.

— Tiens donc ! se moqua Sir Humphrey.

Elle lui lança un regard noir, puis regarda Caldwell comme la bienséance le lui commandait.

— Parce qu'il était avec moi.

— *Viola !* murmura Jack entre ses lèvres serrées.

Elle tourna la tête vers lui et le supplia du regard de ne pas contredire sa version. S'il avouait que ce n'était pas vrai, il aurait l'air encore plus coupable. Car, s'il ne l'était pas, pourquoi aurait-elle essayé de le couvrir ?

Caldwell ricana.

— Vous essayez de nous faire croire que Barrett ne pouvait pas être à la réunion des Spencéens parce qu'il était avec *vous* ? Avons-nous vraiment l'air si naïfs ?

Viola se redressa et le dévisagea avec un mépris dont elle était certaine que sa grand-mère serait fière.

Oh mon Dieu, grand-mère... !

Mais ce n'était pas le moment de penser à elle.

— Mon frère est le duc d'Eastleigh. Mon témoignage sur l'endroit où se trouvait Sir Barrett hier soir devrait être une preuve plus que suffisante. J'ajouterais également que vous feriez mieux d'avoir des preuves de sa participation *présumée* à des événements organisés par des radicaux. Maintenant, si vous voulez bien nous excuser...

Elle pivota et entraîna Jack avec elle. Elle chercha frénétiquement le brougham de sa grand-mère et finit par l'apercevoir sous un arbre, de l'autre côté du Ring.

— Diantre ! marmonna-t-elle en accélérant le pas. Nous devons rejoindre ma grand-mère.

— Où ?

— Là-bas, de l'autre côté du Ring !

Ils restèrent sur le chemin, bien qu'elle soit tentée de couper à travers la pelouse, ce qui leur aurait permis de gagner un temps précieux.

— Que diable faisiez-vous là-bas ? lui demanda-t-il, visiblement... en colère.

— Pourquoi en avez-vous après moi ? s'insurgea-t-elle, faisant de son mieux pour rester concentrée et éviter de regarder autour d'elle, de peur de s'apercevoir qu'ils étaient le point de mire de tout Hyde Park.

Car tout le monde avait certainement entendu l'échange entre eux et Humphrey. Et, même si ce n'était pas le cas, les deux lords allaient sans aucun doute s'empresser de le répéter à qui voulait l'entendre. Or, elle venait de proclamer haut et fort, dans le lieu le plus fréquenté de tout Londres, que, la veille au soir, elle était avec le député Jack Barrett. En réalité, elle était restée tranquillement chez elle, tandis que sa grand-mère était à une partie de cartes chez Lady Dunwich.

— Je ne m'en prends pas à vous, je suis hors de moi ! explosa Jack. Vous venez de déclencher un énorme scandale, pour nous deux !

— Je ne suis pas novice en la matière, ironisa-t-elle doucement.

— Mais moi, si !

Viola tressaillit. Le pire, lorsqu'elle avait abandonné son fiancé devant l'autel, n'était pas que cela l'affecte, elle et sa réputation, mais que l'honneur de Ledbury ait été entaché. Elle le savait et s'en était beaucoup voulu. Pourtant, il avait survécu. Elle aussi, d'ailleurs. Et elle survivrait à nouveau. Mais Jack, en était-il capable ?

Alors qu'ils approchaient du brougham et qu'elle accéléra le pas – obligeant Jack à faire de même – elle réfléchit à la manière de remédier à la situation pour Jack. Elle ne se souciait pas d'elle-même. Elle avait depuis longtemps accepté son statut de paria. Mais Jack était une étoile politique montante... Malgré tout, il valait mieux pour lui qu'on raconte qu'il était avec elle la veille plutôt qu'en compagnie de radicaux...

— Je suis désolée, dit-elle. Je n'ai pas réfléchi ! J'essayais juste de vous protéger. Mais ne vous inquiétez pas, nous allons trouver une solution. Val et Isabelle peuvent peut-être dire qu'ils étaient avec nous ? Après tout, nous avons pu avoir dîné tous les quatre… C'est tout à fait crédible.

— En supposant qu'ils n'étaient pas ailleurs hier soir. Ce serait tout de suite beaucoup moins crédible ! persifla Jack, toujours agacé. Je vous suis très reconnaissant d'avoir voulu me protéger, Viola, mais vous n'auriez pas dû intervenir. Je n'ai rien fait de mal. Ce n'est pas un crime d'être quelque part…

— Certes, mais cela pourrait être très dommageable pour votre réputation !

— Tout comme votre version des faits ! rétorqua-t-il sèchement.

Ils arrivèrent enfin à la voiture de sa grand-mère, comprenant immédiatement qu'elle avait déjà eu vent de ce qu'il venait de se passer. En les voyant, un groupe de curieux se dissémina en les observant avec suspicion, tandis que la douairière, assise à l'intérieur, fixait sa petite-fille d'un regard glacial.

— Monte ! lui ordonna-t-elle.

Le valet aida Viola à se hisser dans le véhicule et, alors qu'elle voulut s'asseoir à côté de sa grand-mère, cette dernière lui fit signe de s'installer sur la banquette d'en face.

— Assieds-toi là, lui dit-elle froidement. Je veux que tu puisses voir la colère dans mes yeux !

Puis elle tourna la tête vers Jack, avec la même rage évidente.

— Quand est le mariage ?

Jack ne se laissa pas déstabiliser.

— Je viendrai vous voir demain pour que nous en discutions.

— Nous allons en discuter tout de suite !

— Grand-mère, nous n'allons pas nous marier ! intervint Viola, détestant l'impassibilité sur le visage de Jack.

Il était visiblement en colère, mais il y avait autre chose qu'elle ne comprenait pas.

Elle s'attendit à ce que sa grand-mère lui réponde avec dédain, mais Jack parla en premier.

— Si, nous allons nous marier, dit-il fermement sans la regarder.

Il dévisagea un instant la douairière, puis inclina la tête avant de tourner les talons en direction du portail.

Allait-il à Berkeley Square ? Pourquoi n'était-il pas simplement monté avec elles ? Elle fut sur le point de le suggérer, mais l'expression furieuse de sa grand-mère l'obligea à se refréner.

— Allons-y ! dit la vieille dame à Turner.

Alors qu'elles quittaient le parc, Viola tenta quelques mots d'apaisement.

— Je n'étais pas réellement avec lui, hier soir…

— Cela n'a guère d'importance ! Tu as dit que tu l'étais, et tout Mayfair y croit maintenant dur comme fer !

— Peut-être pas *tout* Mayfair…

— Je t'en prie, ne joue pas sur les mots, Viola ! Je suis scandalisée que tu puisses te comporter *à nouveau* de cette manière ! Tu as l'air de penser que tu ne risques rien, que mon influence va te protéger du jugement de la Société. Mais tu te trompes ! Ce fut déjà compliqué la première fois mais, cette fois, je ne peux plus rien pour toi !

— Je n'attends rien de vous, grand-mère ! Je voulais simplement protéger Jack. Il était accusé de quelque chose qu'il n'a pas fait.

— As-tu, oui ou non, inventé cette soirée avec lui ? lui demanda sa grand-mère en la regardant droit dans les yeux.

— …

— J'attends ! s'exclama-t-elle lorsque Viola ne répondit pas immédiatement.

Viola décida qu'il était temps de lui dire la vérité. *Toute* la vérité. Enfin... presque toute. Elle n'allait certainement pas parler de sa récente habitude de s'enfermer dans les débarras. Cela aurait été trop pour sa grand-mère. Ce que Viola était sur le point de lui révéler était déjà beaucoup...

— Je suppose que je devrais commencer par le début... commença-t-elle.

— C'est en effet un bon moyen de procéder, siffla sa grand-mère.

— Il y a environ deux ans, j'ai commencé à me faire passer pour un homme que j'ai appelé Tavistock.

Les yeux de la douairière s'ouvrirent aussi grands que sa bouche.

— Tu es *Tavistock* ? Le chroniqueur de la *Gazette des femmes* ?

— C'est le seul moyen que j'ai trouvé pour qu'ils m'autorisent à écrire pour eux ! Ils ne recrutent pas de femmes.

— Ils ne recrutent pas de femmes alors que leur journal s'adresse à des femmes ? Quelle bande d'imbéciles...

Viola réprima un sourire – ce n'était pas le moment de faire de l'humour. Tout le long du trajet jusqu'à Berkeley Square, elle expliqua pourquoi elle avait créé le personnage de Tavistock, qu'elle enquêtait sur l'attaque contre le prince régent, que Jack avait accepté de l'aider, et qu'il était maintenant la cible d'accusations qui pouvaient s'avérer dangereuses.

— Je comprends que tu aies voulu le protéger, mais tu t'y es très mal prise, ma petite-fille ! déclara sa grand-mère alors que la voiture s'arrêtait devant leur maison. D'ailleurs, non, je ne vois pas pourquoi tu as voulu le protéger. Es-tu amoureuse de Sir Barrett ?

— Je... Non !

Elle faillit répondre qu'elle n'en savait rien. Mais, en fait, elle le savait pertinemment. C'était simplement qu'elle préférait ne pas dire la vérité, quitte à mentir à sa grand-mère, autant qu'à elle-même.

Elles descendirent de voiture et entrèrent dans la maison.

— Je *devais* le protéger, reprit Viola. Car c'est pour moi qu'il est allé à cette réunion, hier soir. Il voulait m'aider dans mon enquête. Je ne peux pas le laisser être accusé à cause de moi. Il pourrait finir en prison !

— Balivernes ! Jamais il n'ira en prison, la contredit sèchement sa grand-mère en retirant son chapeau et ses gants, qu'elle tendit à Blenheim, imitée par Viola. Sir Barrett devrait bientôt être ici, Blenheim. Faites-le entrer dans la bibliothèque, voulez-vous ?

Le majordome s'inclina, puis la comtesse se rendit dans la bibliothèque, suivie par sa petite-fille qui trottait derrière elle. Lorsque la douairière fut assise dans son fauteuil, son expression se détendit enfin. Elle regarda Viola, assise sur le canapé d'en face, et avait presque l'air... contente ?

— Non, Sir Barrett n'ira jamais en prison. C'est un député important avec un avenir brillant, probablement un titre !

Viola comprit alors la soudaine métamorphose de sa grand-mère. Elle imaginait déjà sa petite-fille enfin mariée, avec un homme important et titré. Mais cela n'arriverait pas. Elle n'épouserait pas Jack Barrett, pas plus qu'elle n'avait épousé Ledbury !

CHAPITRE 12

*J*ack prit son temps pour marcher jusqu'à Berkeley Square. Non pas qu'il redoutait l'entretien avec la douairière, mais il avait besoin de se calmer. Il ne tenait pas à arriver chez les Fairfax en sueur et l'air hagard.

Lorsqu'il fut devant leur maison, il prit une profonde inspiration. Il n'était pas encore tout à fait apaisé, mais il n'était plus en colère contre Viola. Il comprenait maintenant ce qu'elle avait essayé de faire. Et il lui en était profondément reconnaissant.

En plus d'être incroyablement surpris.

Elle avait pris sa défense avec une réactivité vertigineuse et une absence totale de prudence, à la fois pour lui et pour elle. Il savait qu'elle se souciait peu de sa réputation, qu'elle avait déjà fait face au scandale. Mais, cette fois, c'était différent. Il n'était pas le comte de Ledbury, et elle n'allait pas l'abandonner à l'autel.

Il se marierait. Avec elle.

L'idée ne lui était pas totalement déplaisante d'ailleurs. Il aurait simplement voulu avoir plus de temps. Ce n'était pas ainsi qu'il avait envisagé de prendre la décision la plus importante de sa vie.

Il monta les quelques marches jusqu'à la porte d'entrée et, avant qu'il ne puisse frapper, elle s'ouvrit.

— Vous êtes Sir Barrett, je présume ? lui demanda le majordome en l'invitant à entrer.

Bien sûr, il était attendu.

— En effet, confirma-t-il.

En pénétrant dans le hall d'entrée, il remarqua immédiatement l'opulence du lieu, avec des œuvres d'art un peu partout. Son premier réflexe fut de se sentir impressionné, mais il se reprit immédiatement.

— Si vous voulez bien me suivre…

Le majordome le conduisit vers la droite, dans une grande bibliothèque dont chaque mur était couvert d'étagères, avec une grande table située près de la fenêtre donnant sur la place, et un salon installé devant la cheminée. La douairière était assise dans le fauteuil le plus près du foyer, tandis que Viola se tenait à l'extrémité d'un canapé, en face de la vieille dame, et de la fenêtre. Les deux femmes se tenaient bien droites et, tandis la douairière arborait un air sévère, Viola semblait sereine, vaguement rêveuse. Seules ses mains nouées sur ses genoux trahissaient sa nervosité.

Jack s'inclina devant la douairière, puis devant Viola.

— Mesdames…

— Asseyez-vous, dit immédiatement la douairière.

Devait-il prendre place sur l'autre fauteuil près du foyer ou s'asseoir à côté de Viola ? Le politicien qu'il était lui soufflait d'opter pour le fauteuil, mais il était trop attiré par Viola pour résister à la tentation de s'installer à côté d'elle. C'est donc ce qu'il fit, veillant toutefois à ne pas se mettre trop près d'elle.

La vieille dame l'observa avec attention.

— Viola m'a tout expliqué, et même si je comprends que vous n'étiez pas ensemble la nuit dernière, cela n'a pas d'importance. Le mal est fait. Le seul moyen de ne pas ruiner votre réputation est de vous marier. Le plus rapidement possible.

Jack fut surpris que Viola ait *tout* expliqué et était impatient de savoir ce que « tout » impliquait. Il lui jeta un coup d'œil, mais elle resta impassible.

— Je suis d'accord.

— Bien ! J'ai toujours su que vous étiez un homme intelligent…

Cela signifiait-il qu'elle savait qu'il existait dans la vie de sa petite-fille avant aujourd'hui ? Il trouvait cela difficile à croire…

— Merci, répondit-il simplement, ne trouvant pas de réponse plus appropriée.

— Avez-vous les moyens d'acheter une licence ? lui demanda la douairière.

— Oui.

— Parfait, car les bans prendraient trop de temps. Or, il faut aller vite. Je vous propose de vous marier dans une semaine, à St George.

— Puisque vous ne faites que proposer, cela signifie-t-il que nous avons le choix ? intervint Viola avec sarcasme.

Jack comprit alors dans quel état d'esprit elle se trouvait : elle n'était visiblement pas ravie de la situation.

— Vous pouvez bien sûr choisir la date. En revanche, le mariage n'est pas une option, rétorqua la douairière en lançant un regard noir à sa petite-fille. Et je t'en prie, épargne-moi tes babillages sur l'inutilité du mariage ! La décision est prise, et Sir Barrett est d'accord avec moi.

Viola jeta un coup d'œil à Jack, puis baissa les yeux sur ses genoux. Il savait ce qu'elle était en train de se dire.

La douairière reporta son attention sur Jack.

— Sir Barrett, j'aimerais organiser un dîner pour nos familles. Disons le vingt. J'enverrai une invitation formelle à votre père.

Jack inclina la tête. *Son père…* Il allait sans nul doute être surpris !

— Merci, Votre Grâce.

La grand-mère de Viola se leva. Surpris, Jack sauta immédiatement sur ses pieds pour la saluer.

— J'ai de grandes attentes pour ma petite-fille, Sir Barrett, et vous ne me décevrez pas, j'en suis sûre. Vous êtes un jeune homme brillant, avec un avenir prometteur. Cette union élèvera votre statut, et je suis convaincue que vous apporterez honneur et prestige à notre famille.

Elle tourna alors les yeux vers Viola, et son regard s'adoucit un peu.

— Évidemment, je m'attends aussi à ce que vous rendiez ma petite-fille heureuse. Elle le mérite.

Viola se redressa et regarda sa grand-mère avec stupeur et un élan d'amour.

Mais la tendresse momentanée de la douairière disparut aussi vite qu'elle était apparue, et laissa place à sa froideur habituelle.

— Bien. Je vais maintenant vous laisser discuter de votre avenir. Ne soyez pas trop longs !

Elle lança un regard acéré à Jack, mais il n'était pas sûr de ce qu'elle essayait de transmettre.

Puis elle quitta la bibliothèque, fermant la porte derrière elle.

Porte fermée… Qu'est-ce que cela signifiait dans ce contexte ? Jack n'avait jamais vraiment compris les codes de l'aristocratie, et maintenant qu'il était sur le point d'en faire partie, tout lui sembla encore plus confus.

— Je suis vraiment désolé, Jack.

Il se tourna pour faire face à Viola. Ses yeux bleus le regardaient avec tristesse.

Il se rassit à côté d'elle et prit sa main dans la sienne.

— Pourquoi ?

— Je n'ai jamais eu l'intention de vous forcer à m'épouser. Nous n'avons pas à aller jusqu'au bout, quoi qu'en dise ma grand-mère. Je quitterai Londres s'il le faut...

— Vous n'irez nulle part. Sauf chez moi, je suppose.

Sa maison de célibataire... Ce n'était pas qu'elle était petite, mais ce n'était pas l'endroit où il avait imaginé vivre avec une femme et des enfants. *Des enfants ?* Bon sang ! Toute sa vie était en train d'être chamboulée...

Jack prit une profonde inspiration pour essayer de calmer l'emballement de son cœur, qui battait aussi vite que la vitesse à laquelle semblaient aller les évènements. À peine venait-il de prendre conscience de l'importance du mariage qu'il se retrouvait déjà engagé... Comment réaliser qu'il serait marié dans une semaine ?

Et pourtant, en regardant Viola, il pensa à toutes les choses merveilleuses que le fait de l'épouser impliquait. Désormais, il ne se passerait plus un jour sans qu'il ne la voie et, surtout, ils n'auraient plus à se cacher. Il pourrait l'embrasser quand il le voudrait – et bien plus... Ils pourraient aussi parler littérature et politique, ou de n'importe quoi d'autre, à toute heure de la journée. Or, passer du temps avec elle, réalisa-t-il, était la chose qu'il aimait le plus.

— Nous n'avons pas besoin de nous marier, répéta Viola. Vraiment.

— Je ne suis pas d'accord avec vous. Je refuse que vous subissiez le scandale.

Viola le regarda en plissant les yeux, décidée à ne pas se laisser faire – un trait de caractère que Jack avait vite repéré chez elle.

— Êtes-vous en train de m'interdire quelque chose ?

— Viola, je cherche simplement à vous protéger. Comment pouvez-vous me le reprocher ?

— Êtes-vous inquiet du scandale pour vous-même ? s'enquit-elle, suspicieuse. Grand-mère a raison. Vous avez un avenir prometteur, et je l'ai peut-être gâché. Même si, de mon point de vue, je l'ai plutôt sauvé en vous fournissant un alibi pour hier soir.

— Un alibi peut-être, mais à quel prix... rétorqua-t-il avec ironie. Quoi qu'il en soit, non, je vous assure que je ne me soucie guère de mon avenir. Bien sûr, je ne vais pas vous mentir : j'y ai pensé. Mais tout ce qui m'importe, c'est de vous sauver, *vous*.

— Pourtant, je vous ai dit que ce n'était pas la peine. J'ai vécu bien pire...

— Vous a-t-on déjà dit que vous étiez têtue ? lui demanda-t-il en arquant un sourcil.

— Personne, à part mes parents, ma grand-mère, mon frère, ma femme de chambre – de temps en temps –, et je crois également Blenheim – notre majordome. En fait, non, pas Blenheim. Il ne se le permettrait pas. Mais je l'ai lu dans ses yeux !

Jack essaya de ne pas rire, mais en fut incapable.

— Je suis contente que vous ne soyez plus en colère après moi, dit-elle doucement en lui souriant. Je suis sincèrement désolée pour ce qui s'est passé au parc.

Jack baissa les yeux sans répondre, et elle regarda d'un air sérieux.

— Ne pensez-vous pas que Caldwell et Sir Humphrey sont derrière la lettre que j'ai reçue ?

Jack y avait pensé, lui aussi, en quittant le parc.

— Ils semblent en tout cas être impliqués, d'une manière ou d'une autre. Mais comment ont-ils su que j'étais au *Bull & Fox* hier soir ? J'ai pris soin de vérifier que je n'étais pas suivi. Je n'ai vu personne, ni eux ni qui que ce soit d'autre que je connaisse.

Il s'arrêta.

— En fait, en y réfléchissant, ce n'est pas tout à fait vrai. Je connaissais certains des hommes présents à la réunion qui sont également des habitués du *Duc Fringant*. Pourtant, je ne pense pas qu'ils aient de quelconques liens avec Caldwell ou Sir Humphrey. Je ne les ai jamais vus ensemble, et ils n'auraient aucune raison de les fréquenter…

— Sauf qu'ils vont tous au *Duc Fringant*. Peut-être qu'ils y sont allés après la réunion d'hier soir et qu'ils y ont vu Caldwell et Sir Humphrey ?

— Qui viennent de me demander si j'étais à la réunion…

Viola réfléchit, essayant de rassembler les pièces du puzzle.

—Êtes-vous allé au *Duc Fringant* après la réunion ?

— Non, je suis rentré chez moi, répondit-il, regrettant à présent de ne pas y être allé. J'irai ce soir après avoir rendu visite à mon père, reprit-il. Je dois le voir pour lui annoncer notre mariage.

— Je vous retrouverai là-bas.

Il aurait dû se douter qu'elle allait dire cela…

— Viola, je ne pense pas qu'il soit sage que vous continuiez à vous faire passer pour Tavistock, surtout maintenant que votre grand-mère est dans la confidence.

— Pourquoi ? Elle ne m'a pas demandé d'arrêter.

Il expira, sachant qu'il menait une bataille perdue d'avance. Pourtant, il souhaitait protéger Viola et il savait qu'elle devait cesser de jouer à ce jeu dangereux.

— Je n'y serai pas avant vingt-deux heures. Peut-être même vingt-trois heures.

— J'arriverai vers vingt-deux heures et vous attendrai. Essayez de faire au plus vite…

Elle n'avait pas besoin de lui dire ; il comptait déjà les minutes, les heures, qui allaient le séparer d'elle.

— Je dois y aller, déclara-t-il en se levant.

Elle se leva à côté de lui.

— C'est tout ? s'étonna-t-elle en se levant à son tour. Ma grand-mère ferme la porte pour nous laisser seuls, et vous partez ?

— Elle nous a aussi demandé de ne pas être trop longs, sourit-il. Je respecte, mais un quart d'heure, c'est court. Vous ne trouvez pas ?

Elle soupira. Et il regretta d'être aussi raisonnable.

— Je me disais juste que, quitte à avoir provoqué un scandale, autant faire quelque chose de scandaleux...

Il passa son bras autour de sa taille et l'attira contre lui.

— Comme ça ?

Elle haleta de surprise, mais enroula ses bras autour de son cou.

— C'est en effet davantage ce que j'avais à l'esprit...

Il pencha la tête et l'embrassa, passant doucement sa langue sur sa lèvre inférieure. Se plaquant davantage contre lui, ses seins pressés contre sa poitrine, elle enroula sa langue autour de la sienne et il se perdit dans son étreinte jusqu'à ce qu'elle se retire. Lorsqu'il rouvrit les yeux, il n'aurait su dire combien de temps leur baiser avait duré...

— Les rideaux transparents offrent un minimum d'intimité, mais ils ne permettent malheureusement pas toutes les audaces, dit-elle en souriant.

Il rêvait pourtant de la découvrir davantage, autrement... Mais il devait de toute façon partir. De plus, la douairière pouvait revenir à tout moment, décidant qu'ils avaient passé suffisamment de temps seuls.

Il embrassa sa tempe, laissant ses lèvres goûter sa peau douce et parfumée quelques secondes.

— À tout à l'heure ?

— Oui... Peut-être ma dernière sortie en tant que Tavistock...

Il la regarda avec surprise.

— Je suis surpris de cette soudaine sagesse. Je craignais de devoir batailler pour vous amener à une telle conclusion...

— Comme je vous l'ai déjà dit, je suis impatiente, pas stupide. Je vois bien que je suis arrivée au bout de cette aventure. Mais peut-être pourrais-je ensuite inventer un autre personnage ? s'exclama-t-elle.

Ses yeux bleus pétillaient de malice.

— Je ne suis pas sûr de beaucoup aimer cela, rit-il en fronçant les sourcils. Mais nous en reparlerons plus tard...

Il l'embrassa à nouveau, puis se força à partir.

Alors qu'il marchait jusqu'au bout de la place pour héler un fiacre, Jack se demanda comment son père prendrait la nouvelle de son mariage. *Il sera certainement heureux*, pensa-t-il en souriant.

Lui l'était en tout cas...

~

À vingt-deux heures, Viola était installée à une table dans le salon principal du *Duc Fringant*. Elle n'avait pas encore vu Jack – ni Caldwell et Sir Humphrey, d'ailleurs.

— Eastleigh !

Val scruta la pièce et aperçut Viola. Il la rejoignit à sa table, une serveuse leur apportant deux chopes de bière avant même qu'il ne soit assis. Il savait que sa sœur serait là car, conformément à leur accord, elle lui avait envoyé une note pour le prévenir.

— Félicitations ! murmura-t-il en levant sa chope.

— Chut ! fit-elle d'un air renfrogné, laissant sa chope sur sa table.

— Personne ne m'a entendu, la rassura-t-il. Et quand bien même, je pourrais te féliciter pour l'achat d'un nouveau cheval…

Viola sourit. Elle savait que certains hommes trouvaient l'acquisition d'un nouveau cheval plus excitant que le mariage.

De toute façon, elle n'allait pas se marier. Il y avait forcément un moyen de sortir de cette situation sans qu'elle ait à devenir Lady Barrett… Pourtant, elle avait l'impression que Jack était prêt à l'épouser. Sa visite à son père pour lui annoncer leur union en était la preuve…

Elle avait bien essayé de lui suggérer à plusieurs reprises que le mariage n'était pas la seule issue à cet *imbroglio*, mais ses tentatives étaient restées vaines. Elle avait cependant du mal à croire qu'il veuille réellement s'engager. Il avait toujours été clair : sa carrière passait avant tout le reste.

Elle s'en voulait de l'avoir forcé à revoir ses plans. Peut-être pourrait-elle y remédier sans lui laisser le choix ? Elle avait bien annulé un premier mariage, elle pouvait recommencer…

Sauf que Jack était différent d'Edmund. Il la comprenait. Il l'appréciait. Il l'admirait. Elle n'était pas sûre de trouver un jour un autre homme comme lui. Et elle n'était d'ailleurs pas sûre d'en avoir envie. C'était justement parce que Jack était l'homme parfait qu'elle aurait aimé que les choses se passent différemment. Qu'il l'épouse parce qu'il en avait envie, et non parce qu'il y était contraint…

Comment pouvait-elle vouloir être félicitée par son frère pour un mariage qu'elle avait pratiquement imposé ?

— Grand-mère est heureuse, lui dit Val.

— Heureuse ? Je ne savais que cet adjectif pouvait s'appliquer à notre grand-mère !

Val eut un petit rire.

— Tu as raison ! Barrett n'est pas encore arrivé ? demanda-t-il en regardant autour de lui. Au fait, que pense-t-il de... *ça* ? murmura-t-il, faisant allusion au déguisement de sa sœur.

— Pouvons-nous parler de cela une prochaine fois ? soupira Viola.

— Oui, oui, bien sûr ! En tout cas, je suis vraiment ravi pour toi. J'espère sincèrement que toi et Jack serez aussi heureux qu'Isabelle et moi le sommes.

— Colehaven !

Val se retourna. C'était Cole.

— Tu m'excuses ? Je dois lui parler...

— Bien sûr ! lança-t-elle, non mécontente de se débarrasser de lui.

Quelques minutes plus tard, Giles Langford et Hugh Tarleton arrivèrent et la rejoignirent. Elle les appréciait et réalisa qu'elle allait regretter de ne plus venir au *Duc Fringant*. Elle aimait l'esprit de camaraderie qui y régnait, le billard, et – surtout – le sentiment de liberté que cet endroit et son déguisement lui procuraient.

— Caldwell ! Sir Humphrey !

En entendant les noms de ceux qu'elle était venue chercher, son cœur se mit à battre plus fort. Elle regarda les deux hommes entrer et réfléchit à la manière dont elle pourrait les approcher.

Malheureusement, ses espoirs s'évanouirent rapidement car Val et Cole les chassèrent de la taverne.

— Caldwell et Sir Humphrey ne sont plus les bienvenus au *Duc Fringant* ! annonça Cole à l'attention des clients. Ils ont insulté notre ami Jack Barrett cet après-midi, et se sont très mal conduits à l'égard de la sœur d'Eastleigh. Nous avons donc décidé de leur barrer l'accès à notre taverne !

— Vous avez bien fait ! lança Giles Langford. Comment ont-ils osé s'en prendre à Barrett ?

Tous les clients présents firent également part de leur indignation, et Viola ne put s'empêcher de ressentir un élan de fierté, malgré sa frustration de ne pas avoir pu approcher ses proies.

Elle s'excusa puis se leva de table, se faufilant jusqu'à la sortie située à l'arrière de l'établissement. Dès qu'elle fut dehors, elle accéléra le pas en direction de Haymarket dans l'espoir de pouvoir rattraper Caldwell et Sir Humphrey.

La chance était de son côté, et elle finit par les apercevoir. Jugeant qu'une rencontre « fortuite » serait préférable, elle traversa la rue, et courut pour les dépasser. Lorsqu'elle fut suffisamment devant eux, elle traversa à nouveau pour être sur le même trottoir qu'eux, puis marcha à leur rencontre jusqu'à pouvoir faire mine de tomber sur eux par hasard.

— Caldwell, Sir Humphrey ! J'espère que vous passez une bonne soirée ?

Son cœur battait la chamade, et elle fit de son mieux pour se contrôler.

— Pas vraiment, non, se plaignit Sir Humphrey.

— Je suis désolée, déclara-t-elle. J'allais justement au *Duc Fringant* ; voulez-vous vous joindre à moi ? Mais peut-être étiez-vous aussi en train de vous y rendre ? demanda-t-elle de son air le plus innocent.

— Nous en venons ! Et nous n'y remettrons jamais les pieds ! annonça Caldwell d'un ton amer. Je ne peux d'ailleurs que vous conseiller de fuir cet endroit. Eastleigh et Colehaven sont devenus fous et se sont rangés du côté de ce radical, Jack Barrett.

Sans le savoir, il venait de lui tendre la perche qu'elle espérait…

— J'ai en effet entendu parler de ce qui s'est passé dans le parc aujourd'hui. Était-il vraiment à cette réunion de Spencéens ?

— Cela ne fait absolument aucun doute, confirma Caldwell en hochant fermement la tête.

— Et pourtant, il semblerait que cela ait été contesté, rétorqua habilement Viola.

— Par cette petite écervelée, la sœur d'Eastleigh ! ricana Sir Humphrey avec mépris.

Viola se mordit la langue pour ne rien laisser paraître, alors qu'elle venait d'être insultée. Elle devait les pousser à lui révéler ce qu'ils savaient…

— Vous pensez qu'elle a menti pour le protéger ?

— C'est une évidence ! Barrett est connu pour être un sympathisant des radicaux, tout comme plusieurs autres députés. Il était à cette réunion hier soir, c'est certain !

— Vous semblez très sûrs de vous… fit remarquer Viola qui espérait qu'ils lui révèleraient d'où ils tenaient cette information.

— Nous avons un espion, chuchota Sir Humphrey avec suffisance, en se penchant vers elle.

Viola se figea. *C'était* donc ça !

— Que voulez-vous dire ?

— Rien ! intervint fermement Caldwell. Sir Humphrey a trop bu, ce soir. Je vais le ramener chez lui. Bonsoir, Tavistock ! conclut-il en prenant Caldwell par le bras pour le forcer à avancer.

Viola se retourna et les regarda s'éloigner. Caldwell semblait faire la leçon à Sir Humphrey. De toute évidence, il lui reprochait d'en avoir trop dit…

Elle avait hâte de révéler à Jack ce qu'elle venait d'apprendre ! Elle reprit la route du *Duc Fringant* et, lorsqu'elle arriva, elle tomba sur Jack. Décidément, elle avait vraiment la chance avec elle !

— Quelle heureuse coïncidence ! lança-t-il en lui souriant.

— En fait, je suis arrivée plus tôt mais ai dû sortir. Caldwell et Sir Humphrey ont été bannis de la taverne ! lui annonça-t-elle en lui prenant le bras.

— Comment cela ? Que s'est-il passé exactement ? s'empressa de demander Jack tandis qu'ils marchaient en direction de Haymarket.

— Lorsque Caldwell et Sir Humphrey sont entrés, mon frère et Cole les ont aussitôt expulsés, leur interdisant l'entrée pour toujours. Ils ont dit à tout le monde qu'ils vous avaient insulté, qu'ils s'étaient mal comportés envers moi – je veux dire Viola, pas Tavistock –, et qu'ils n'étaient plus les bienvenus au *Duc Fringant*.

— C'est vraiment très gentil de leur part…

— C'était absolument fantastique, vous voulez dire ! s'exclama-t-elle en riant. Vous auriez dû entendre tout le bien que les autres ont dit de vous ! Vous êtes clairement beaucoup plus populaire qu'ils ne le sont !

— Ce n'est pas surprenant, murmura-t-il en lui faisant traverser la rue, en direction de Charles Street.

— Où allons-nous ?

— Je ne sais pas, répondit-il. Machinalement, j'ai pris la route de chez moi, comme je le fais habituellement en quittant le *Duc Fringant*.

— Oh ! Excellente idée ! lança Viola qui trouva la perspective de découvrir la maison de Jack très séduisante. Je vous raconterai ce que j'ai appris sur le chemin. Je prendrai ensuite un fiacre pour rentrer chez moi.

— Il est hors de question que je vous laisse rentrer seule chez vous !

— Si vous voulez, concéda-t-elle, attendrie. Mais je

brûle de vous dire ce que j'ai à vous dire, alors soyez gentil de cesser de m'interrompre !

— On ne peut pas dire que je vous interrompe beaucoup, rit Jack alors qu'ils arrivaient à St James's Square. C'est simplement que vous ne parlez pas assez vite !

Elle lui lança un regard faussement réprobateur puis se lança dans son histoire.

— Après que Val et Cole ont jeté Caldwell et Sir Humphrey dehors, je suis sortie par l'arrière pour les rattraper.

— Le contraire m'aurait étonné ! s'amusa-t-il. Je sais maintenant que vous n'avez peur de rien, Viola Fairfax, même si vous devriez !

— Bon, puis-je terminer, s'il vous plaît ? s'exaspéra-t-elle gentiment.

— Je vous en prie… répondit-il, toujours amusé.

— Et ne m'interrompez pas à nouveau ! Je vois bien que vous y prenez plaisir, mais je puis vous assurer que ce que j'ai à vous apprendre va vous intéresser !

— Je frémis d'impatience !

— Voulez-vous bien cesser ? rit-elle. Donc… reprit-elle, je leur ai demandé comment ils savaient que vous étiez à la réunion hier soir. Et avant que vous me disiez que j'ai pris des risques insensés, je vous précise que ce sont eux qui en ont parlé d'eux-mêmes !

Ce n'était pas tout à fait vrai mais, après tout, elle n'avait pas non plus eu à leur tirer les vers du nez !

— Ils étaient absolument convaincus que vous étiez à la réunion d'hier soir. Je les ai alors poussés à m'en dire davantage, et Sir Humphrey m'a révélé une chose qu'il aurait certainement dû garder pour lui : il m'a dit qu'ils en étaient certains car ils avaient un *espion* !

Ils avaient traversé la place et se trouvaient maintenant

au croisement de King Street. Jack s'arrêta et se tourna pour la regarder.

— Il a dit *quoi* ?

— Vous m'avez bien entendue, Jack ! Avez-vous une idée de qui il peut s'agir ?

Il passa sa main sur sa joue et son menton, réfléchissant un instant.

— Je ne sais pas. J'essaie de me rappeler qui était là hier soir, mais je ne pense à personne en particulier. En même temps, s'ils ont infiltré quelqu'un au sein des Philanthropistes spencéens, j'imagine qu'ils ont veillé à ce que ce soit une personne qui passe inaperçue.

— En effet… Il n'avait certainement pas une pancarte avec écrit « espion » dessus !

Jack lui lança un regard ironique, esquissant un demi-sourire.

— Non, vous avez raison...

Il resta silencieux un instant, et Viola se demanda à quoi il pensait.

— Il va falloir que nous redoublions de prudence. Je vais certainement devoir demander de l'aide parmi mes collègues, car la situation est bien plus grave que ce que j'avais imaginé.

Il désigna la maison au coin de la rue.

— C'est ici que j'habite.

Viola pivota et admira l'élégante maison de ville. Ce n'était pas grand, mais la façade était soignée, avec une jolie porte verte et un *bow-window* qui rendait le tout particulièrement accueillant.

— Je vais appeler un fiacre, dit-il en se tournant vers la rue.

— Me feriez-vous visiter l'intérieur ? s'empressa-t-elle de lui demander en lui serrant à nouveau le coude pour le retenir.

Il la regarda, surpris, et sembla hésiter.

— Cela doit être possible, finit-il par répondre.

— De toute façon, le scandale a déjà éclaté… Et comme nous n'avons rien fait de très scandaleux, cet après-midi dans ma bibliothèque, vous me devez une nuit de scandale !

— Je *vous* dois ? répéta-t-il en arquant les sourcils.

Elle s'approcha de lui.

— Disons que nous nous la devons mutuellement…

Il lui prit la main puis la lâcha aussitôt.

— J'ai hâte que vous abandonniez ce déguisement d'homme !

Viola éclata de rire tandis qu'il la conduisit jusqu'à sa porte d'entrée. Il l'ouvrit et la laissa entrer.

Elle découvrit un hall petit, mais élégant, avec un sol en marbre gris clair luisant. À gauche, dans la pièce avec le *bow-window* qui donnait sur la rue, se trouvait son bureau. À droite, des escaliers couraient le long du mur tandis que, au centre, un couloir menait aux pièces du fond.

Un majordome d'âge moyen entra dans le hall.

— Bonsoir, Gardner, lui dit Jack. Permettez-moi de vous présenter ma fiancée, Lady Viola Fairfax. Viola, voici mon majordome.

Viola le regarda bouche bée, avant de tourner son attention vers le majordome.

— Enchantée de vous rencontrer, Gardner. Pardonnez mon… déguisement. J'étais à une fête costumée…

Son mensonge était trop gros pour être cru, mais Gardner, qui était de toute évidence un majordome d'une grâce et d'une finesse exceptionnelles, n'exprima pas le moindre soupçon ni la moindre surprise.

— Enchanté, Madame, dit-il simplement en s'inclinant devant elle. Nous sommes ravis d'apprendre votre prochain mariage, et tout le personnel de la maison se réjouit de vous servir bientôt.

— Merci, Gardner. Sir Barrett va juste me faire visiter.

En tout cas l'espérait-elle. Tout comme elle espérait qu'il ferait bien plus...

— Exactement, confirma Jack. Par là, vous avez la salle à manger, ainsi que le salon qui donne sur mon minuscule jardin, l'informa-t-il en désignant le couloir. Venez, je vais vous montrer l'étage...

Viola sourit au majordome avant de précéder Jack dans les escaliers. Au premier étage, il la guida vers l'avant de la maison, dans une pièce avec de larges portes.

— Voici la salle de réception, même si je ne reçois pas beaucoup...

Il se tourna et montra l'arrière de la maison.

— De ce côté se trouve une chambre pour les invités – même si personne ne vient jamais me rendre visite...

Souriant, il lui prit la main – sans la lâcher, cette fois – et la conduisit au deuxième étage où se trouvait, côté rue, un petit salon qu'ils traversèrent jusqu'à une chambre. *Sa* chambre.

Il lui lâcha alors la main et s'avança au centre de la pièce.

— Voilà ! C'est ici que je dors. Quand je ne suis pas tenu éveillé par les images que j'ai de vous...

Viola ôta son chapeau et le jeta sur le côté, puis fit de même avec ses gants.

— Vous pensez à moi la nuit ? lui demanda-t-elle, espiègle, en s'avançant vers lui et en commençant à retirer les épingles qui maintenaient sa perruque en place.

— Toutes les nuits, souffla-t-il en retirant son manteau qu'il posa sur une chaise près de la fenêtre qui donnait sûrement sur la rue en contrebas.

Elle n'en était pas certaine car les rideaux vert foncé

étaient fermés pour la nuit. Un petit feu brûlait dans l'âtre, et deux lampes à huile luisaient de chaque côté du lit, créant une atmosphère tamisée qui le rendait encore plus beau.

Lorsqu'elle eut retiré toutes ses épingles, elle ôta sa perruque et la posa sur une table, avec les épingles. Puis elle retira ses rouflaquettes.

— Seriez-vous surpris d'apprendre que j'ai moi aussi pensé à vous, la nuit ? Dès que je ferme les yeux, je sens vos lèvres sur les miennes. Quand je suis dans mon lit, je vous imagine à côté de moi. Sur moi. *À l'intérieur de* moi.

— Viola… murmura-t-il alors qu'elle était maintenant devant lui, retirant les épingles de ses cheveux qu'elle laissa tomber au sol, une à une.

Lorsque ses cheveux furent enfin entièrement détachés, il plongea ses mains à l'intérieur et maintint son visage devant lui, comme s'il s'agissait d'une œuvre d'art qu'il ne se lassait pas d'admirer. Il fit descendre ses pouces le long de ses joues jusqu'à sa mâchoire, puis ses lèvres.

— Vous êtes la plus belle femme que j'ai jamais rencontrée, Viola. Je crois que je ne pourrais plus supporter de vous voir en Tavistock, désormais.

Elle tira la langue et lécha ses pouces. Gémissant légèrement, il déplaça ses mains sur les côtés, puis l'embrassa. Le contact de leurs lèvres fut si intense qu'elle sut aussitôt qu'ils étaient l'un comme l'autre consumés par la passion.

Enfin, leurs corps impatients allaient se découvrir.

CHAPITRE 13

Sans sa perruque et ses rouflaquettes, Viola ne lui avait jamais paru aussi belle. Et, lorsqu'il passa sa main dans ses cheveux couleur miel, il eut la sensation de plonger dans un océan de soie. Cette fois, il en était sûr : il ne voulait plus jamais voir Tavistock, mais uniquement Viola.

Quittant sa bouche, il fit glisser ses lèvres le long de sa mâchoire tandis qu'il lui retirait sa cravate. Lorsque, enfin, le ruban de soie tomba au sol, libérant son cou, il embrassa sa gorge. D'une main, il défit les premiers boutons de sa chemise pour accéder à sa clavicule. Mais ce n'était pas assez.

Gagné par une folle envie d'elle, il commença à retirer son manteau. Elle prit le relais pour qu'il puisse déboutonner son gilet, et les deux vêtements se rejoignirent au sol, à leurs pieds. Elle retira alors sa chemise en la passant par-dessus sa tête, mais cela ne suffit pas à découvrir ses seins qui étaient bandés pour que sa poitrine ressemble à celle d'un homme. Il mourait d'envie de les libérer, de les sentir à nouveau contre lui comme le jour du bal des

Goodrick, dans le débarras, mais il voulut d'abord retirer ses bottes.

La prenant par la main, il la fit asseoir sur le petit banc capitonné qui se trouvait au bout du lit, puis il se mit à genoux devant elle et tira sur ses bottes pour libérer ses pieds.

— Vous faites un excellent valet, murmura-t-elle.

Sa voix était plus grave, toutefois pas autant que lorsqu'elle était dans son rôle de Tavistock. C'était une voix sensuelle et féminine qui vint directement se loger dans le cœur et le ventre de Jack.

— Nous verrons cela lorsque vous devrez vous rhabiller, souffla-t-il en retirant ses bas.

Tenant l'un de ses pieds nus entre ses mains, il le massa brièvement puis le porta à ses lèvres pour l'embrasser doucement, remontant jusqu'à son mollet.

Viola ferma les yeux, frissonnant tandis que Jack embrassait toute sa jambe. Lorsqu'il arriva au sommet, il la regarda un instant avec intensité et s'approcha plus près d'elle. Alors, repoussant ses cheveux en arrière, il la prit par la nuque et approcha son visage du sien pour l'embrasser à nouveau.

Posant ses mains sur ses épaules, elle accueillit son baiser avec une avidité qui faisait écho à celle de Jack. Il agrippa ses hanches tandis qu'elle entreprit de le déshabiller à son tour, en commençant par sa cravate, puis son gilet. Impatient, il l'aida, arrachant presque sa chemise dans sa hâte.

Elle détacha ses lèvres de lui et glissa du banc.

— À votre tour, murmura-t-elle en le guidant sur le banc.

Comme il l'avait fait pour elle, elle retira ses bottes, sans jamais rompre le contact entre leurs yeux. Assise entre ses jambes, il la trouva terriblement érotique et il sentit son membre durcir et s'emplir de désir pour elle.

—Vous avez encore votre chemise, lui fit-elle remarquer avec un sourire chargé de sous-entendus.

— Et vous portez toujours votre pantalon...

— Vous aussi... Enlevez votre chemise, l'implora-t-elle.

Il s'exécuta.

— C'est mieux ?

Elle ne répondit pas tout de suite, subjuguée par son torse nu, les yeux écarquillés et les lèvres entrouvertes.

— Oui, finit-elle par murmurer.

— Viola, si vous continuez à me regarder de la sorte, je ne vais pas résister... Je risque de vous jeter sur le lit et de vous faire l'amour d'une manière insensée...

— C'est parfait, répondit-elle doucement en continuant à le regarder, passant délicatement sa langue sur sa lèvre inférieure.

— Venez, grogna-t-il en la faisant se lever en même temps que lui.

— Où vous voulez, susurra-t-elle juste avant de poser sa bouche contre la sienne.

Cédant complètement à son désir, il vola ses lèvres et sa langue, la dévorant littéralement. Elle était dans le même état que lui, ses mains explorant ses épaules, son dos, ses hanches, puis plus bas.... Elle fit alors remonter ses mains sur sa poitrine et caressa doucement ses mamelons, le faisant grogner de plaisir.

Il la voulait. Il la voulait maintenant, intensément...

Il retira sa bouche de la sienne et la conduisit sur le côté du lit, près d'une des lampes à huile.

— Je veux voir chaque centimètre de votre corps, murmura-t-il, déroulant la bande qui serrait ses seins contre sa poitrine.

Plongeant son regard dans le sien d'une manière provocante, elle leva les bras pour lui faciliter la tâche. Au bout de quatre tours complets, ses seins furent enfin libérés. Émerveillé, il laissa tomber la mousseline au sol, pensant à quel point elle était divine.

Doucement, il posa ses mains sur ses épaules et les fit glisser lentement jusqu'au renflement de ses seins. Il en tenait un dans chaque main, comme deux fruits mûrs prêts à être dévorés, sentant ses tétons durcir contre ses paumes.

Incapable de résister davantage, il se pencha et en prit un dans sa bouche, remontant sa main jusque dans sa nuque. Haletante, Viola ferma les yeux. Elle n'avait jamais rien ressenti d'aussi doux que la langue de Jack sur son sein. C'était délicieux, presque intenable – comme une douce torture. Elle ne se souvenait pas d'avoir autant désiré un homme.

— Jack, je vous en prie, murmura-t-elle d'une voix à peine audible.

— Quoi ? réussit-il à prononcer, sa bouche toujours pleine de son sein.

— Je ne sais pas…

Il mordilla son mamelon, et elle ne put retenir un cri de plaisir.

Il tendit alors une main vers sa taille et entreprit de déboutonner son pantalon. Un instant plus tard, le tissu glissa le long de ses jambes et s'écrasa au sol, la laissant totalement nue. Jack recula pour la contempler.

Mille fois il l'avait imaginée ainsi, mais jamais il n'aurait cru qu'elle pouvait être aussi parfaite. Ses hanches s'évasaient légèrement à partir de sa taille, et son sexe était recouvert par un duvet doré et délicat. Il mourait d'envie de la goûter, mais il hésita… Peut-être pas le premier soir ? Il supposa que ce devait la première fois pour Viola. Il n'en était pas certain mais, dans le doute, il préférait jouer la carte de la prudence et de la délicatesse.

— Je suis désolé de vous regarder de cette manière, s'excusa-t-il en levant les yeux vers les siens. Vous êtes tellement belle…

— Ça ne fait rien… Je fais la même chose, sourit-elle. En revanche, vous portez toujours votre pantalon…

Son audace le fit rire. Puis il la regarda avec sérieux.

— Est-ce votre première fois ?

Elle baissa le regard.

— Oui… Enfin, j'ai embrassé Edmund, bien sûr. Et lui m'a touché un…

— S'il vous plaît, arrêtez ! l'interrompit-il. Je ne veux pas entendre ce que vous avez fait avec Ledbury.

— Vous avez raison. Je préfère parler de ce que vous voulez me faire ce soir… Pouvez-vous me toucher maintenant ? S'il vous plaît ?

Elle était terriblement touchante. Et excitante. Bien sûr qu'il pouvait la toucher. Il en avait tellement envie…

— Par où voulez-vous que je commence ?

— Par où vous voulez… Partout.

Il toucha délicatement sa poitrine, pinçant doucement son mamelon.

— Ici ?

Incapable de répondre, elle ferma les yeux, acquiesçant d'un imperceptible signe de tête.

Puis il fit glisser sa main jusqu'à son ventre, sur sa hanche, et sur ses fesses qu'il serra doucement.

— Ici ?

— Oui, murmura-t-elle en s'agrippant à ses épaules pour ne pas sombrer.

Il déplaça sa main vers l'intérieur chaud de ses cuisses, et la sentait frémir.

— Ici ?

— Oui… S'il vous plaît, haleta-t-elle, laissant tomber sa tête sur son épaule.

Elle était déjà mouillée quand il effleura son sexe du bout des doigts. Il introduisit un doigt en elle, et elle cria à nouveau, puis se mit à gémir de plaisir lorsqu'il caressa son clitoris. Lorsqu'il se souvint de ce qu'elle lui avait dit plutôt, qu'elle le voulait à l'intérieur d'elle, il sentit qu'il commença à perdre le contrôle. Son désir pour elle se faisait de plus en plus fort et pressant, tandis qu'il faisait aller et venir son doigt en elle plus rapidement et qu'il l'embrassait avec fougue.

Il voulait l'entendre crier. Il voulait la *faire* crier.

Alors, il la porta et la déposa sur le lit, puis s'agenouilla entre ses jambes et embrassa son ventre, descendant petit à petit jusqu'à déposer de doux baisers sur son sexe.

— Jack ! Que faites-vous ?

Il releva la tête rapidement et la regarda avec un sourire lubrique.

— Je veux vous entendre crier, murmura-t-il d'une voix rauque, caressant son clitoris.

— Je *ne peux pas* crier ! Votre personnel penserait que je me trouve mal…

— Mon personnel pensera que je fais plaisir à la femme qui va bientôt devenir ma femme. Et c'est précisément ce que je fais.

Puis il introduisit sa langue en elle et appuya sur son clitoris, jusqu'à ce qu'elle gémisse. De plus en plus fort.

Lorsqu'il sentit ses muscles se contracter, il sut qu'elle était sur le point de jouir, et il l'accompagna en faisant à nouveau aller et venir ses doigts en elle. Il ne fallut que quelques secondes pour qu'elle crie à nouveau, parcourue de frissons. Alors, il se releva et admira l'extase sur son visage avec une fierté toute masculine.

— Je ne m'attendais pas à un tel orage, murmura-t-elle en rouvrant les yeux.

— J'essaierai de faire en sorte que ce soit toujours aussi intense que cette première fois, lui promit-il.

Elle fronça les sourcils.

— Ce n'est pas terminé, n'est-ce pas ?

— Ça peut l'être si vous le souhaitez, répondit-il, priant pour qu'elle ne le veuille pas.

Elle plongea son regard dans le sien, et la luxure dans ses yeux le fit durcir encore davantage.

— Vous m'avez promis de me faire l'amour de manière insensée. Je ne partirai pas d'ici tant que vous n'aurez pas honoré votre promesse.

~

*L*e désir qu'elle avait ressenti pour lui quelques minutes auparavant et qu'il avait assouvi revint encore plus fort. Elle ne pouvait s'empêcher d'admirer sa poitrine musclée et le creux si bien dessiné entre sa taille, ses hanches et son aine. Jack, décida-t-elle, était l'homme idéal, bien plus attirant que n'importe quelle gravure ou sculpture qu'elle avait pu voir.

Et, surtout, elle découvrait pour la première fois ce qu'était la virilité d'un homme. Son *manche*, pour reprendre le mot qui l'avait fait tellement rire lorsque, plus jeune, elle parlait de sexualité avec ses amies. Face à ce qui avait suscité chez elles tant de supputations, elle n'aurait jamais cru que cela puisse être aussi beau, aussi attirant, et aussi excitant. Tendant timidement la main, elle effleura du bout des doigts le gland lisse et luisant sorti de son prépuce.

Jack ferma les yeux et inspira profondément.

— Est-ce que tout va bien ?

— Oui… C'est merveilleux. Prodigieux. Le plus grand moment de ma vie, soupira-t-il.

Pourtant, il avait l'air de souffrir.

— En êtes-vous certain ? demanda-t-elle en enroulant sa main autour de sa verge, ne résistant pas à sa douce chaleur. J'ai l'impression d'être en train de vous torturer...

— Vous l'êtes...

Cette fois, c'était comme s'il ne pouvait plus respirer.

— Vraiment ? Mais je ne cherchais qu'à vous faire plaisir... Peut-être devrais-je arrêter ? dit-elle en retirant sa main.

Aussitôt, Jack lui attrapa la main et la replaça autour de son membre, à la base – près de ses bourses.

— Partez d'ici et remontez vers le haut, lui indiqua-t-il. Lentement, rapidement, comme vous le voulez...

— J'ai envie de la prendre dans ma bouche...

Il la regarda d'un air agréablement surpris.

— Pas ce soir, Viola. La prochaine fois.

— Pourquoi ? N'est-ce pas ce que vous avez fait avec moi ?

— Parce que je ne veux pas que ma semence se répande dans votre gorge pour votre première fois. Bien qu'au rythme où nous allons, je risque de la répandre sur vos cuisses. Juste...

Il posa sa main sur la sienne et la guida vers son sexe.

— Est-ce que vous allez entrer en moi ? demanda-t-elle dans un mélange de désir et d'appréhension.

Il la regarda dans les yeux.

— Sauf si vous avez changé d'avis ?

— Non, je vous en prie : prenez-moi, le supplia-t-elle en ouvrant plus grand ses cuisses et en l'attirant vers elle. Faites-moi l'amour de manière insensée...

— Je ne pourrai de toute façon pas le faire autrement, haleta-t-il, fou d'excitation, tandis qu'il commençait à la pénétrer.

Doucement, il fondit en elle. C'était si naturel, si juste...

comme s'ils avaient été conçus exclusivement l'un pour l'autre, et qu'ils avaient déjà fait l'amour ensemble mille fois.

Elle se tendit légèrement et fronça les sourcils, et il s'arrêta immédiatement, se souvenant qu'elle était vierge.

— Est-ce que tout va bien ? s'enquit-il tendrement.

Elle acquiesça.

— Ne vous arrêtez pas.

Car, derrière la légère douleur, elle entrevit le plaisir.

Il continua d'avancer jusqu'à être entièrement en elle. Alors, il s'immobilisa et l'embrassa tendrement.

Maintenant que la douleur s'était estompée, elle avait envie de le sentir bouger en elle.

— Je crois que je préférerais que vous sortiez de moi, murmura-t-elle.

— Je suis désolé ! dit-il en se retirant immédiatement.

— Non, ne le soyez pas ! En fait, j'aimerais que vous rentriez à nouveau. N'est-ce pas ce que nous sommes censés faire ? Pour faire l'amour de manière insensée, je veux dire... Je suis désolée si je m'exprime mal ; tout cela est si nouveau pour moi !

Il rit doucement, puis l'embrassa.

— Vous vous en sortez très bien, la rassura-t-il en entrant de nouveau en elle.

— C'est très agréable, Jack. Mais ne vous retenez pas, s'il vous plaît... Allez plus vite...

— Vous êtes certaine d'être prête ? Je ne voudrais pas vous faire mal...

Elle fit non de la tête en le regardant dans les yeux, et il poussa plus fort en elle, atteignant une zone qu'elle n'avait jamais soupçonnée. Submergée par le plaisir, elle le serra contre elle de toutes ses forces.

— *Venez !* l'implora-t-elle.

Il l'embrassa à nouveau, sa bouche ouverte et humide

écrasée sur les lèvres délicates de Viola, tandis que sa langue pénétra au fond de sa gorge, en même temps que son membre au fond de son ventre. Il la prit fort et vite, et elle se cambra pour le sentir encore davantage. Leurs corps bougeaient à l'unisson, et elle sentit le plaisir violent et tonitruant qui l'avait traversée plus tôt, renaître en elle. Enroulant ses jambes autour de Jack, elle glissa ses mains sur le bas de son dos, s'agrippant à lui comme à une bouée en prévision de la tempête qui allait arriver.

Les cuisses ainsi ouvertes, elle le sentait en elle encore plus, encore mieux, tandis qu'il allait plus profondément en elle. Il allait vite, de plus en plus vite, puis elle l'entendit crier son nom, au moment où elle fut à nouveau submergée par le plaisir. Ralentissant doucement, il finit par s'arrêter complètement puis, repu, il se laissa tomber sur elle et se réfugia dans son cou. Son corps chaud sur elle était une sensation délicieuse, et elle enroula ses bras autour de lui, embrassant sa joue, sa bouche, son cou, ses yeux, son nez...

Lorsqu'il revint à lui, quelques minutes après, il roula sur le côté et l'attira contre lui.

— Devrions-nous nous rafraîchir ? murmura-t-elle.

— Pas encore. Restez encore contre moi... Je vous ramènerai chez vous, tout à l'heure.

Viola se blottit contre lui en fermant les yeux et en souriant.

Comment pouvait-il la ramener « chez elle » alors qu'elle avait l'impression d'y être déjà ?

CHAPITRE 14

— Qu'est-ce que tu écris ? lui demanda sa grand-mère depuis son fauteuil, près de la cheminée.

Viola leva les yeux de la table où elle était en train de coucher sur papier des idées pour son livre. Elle était si concentrée qu'elle aurait été incapable de dire depuis combien de temps elle travaillait.

— J'écris… répondit-elle simplement.

À quoi bon lui dire de toute façon ? Sa grand-mère lui répétait sans cesse qu'écrire un roman était une perte de temps, surtout maintenant qu'elle allait se marier.

Qu'elle allait se marier...

La nuit qu'elle venait de passer l'avait transformée. Tout son monde s'était écroulé pour donner naissance à quelque chose de nouveau : Jack. Désormais, c'était chez lui, dans ses bras, qu'elle se sentait chez elle. Elle ne pouvait plus concevoir la vie autrement qu'en étant sa femme. La simple idée qu'elle aurait pu ne pas l'épouser lui brûlait les poumons et lui transperçait le cœur.

Car elle l'aimait. Elle en était sûre à présent. Elle l'assumait pleinement et se sentait ridicule d'avoir essayé de nier l'évidence, de lutter contre la force de son destin. Elle était tombée amoureuse de lui dès leur première rencontre, deux semaines auparavant, et elle espérait de tout son cœur qu'il ressente la même chose qu'elle. Finalement, elle n'en savait rien, car ils ne s'étaient rien dit… Elle avait failli lui dire qu'elle l'aimait, la veille, blottie contre lui. Mais elle avait finalement renoncé… Et si lui ne l'aimait pas ? Certes, il ne faisait aucun doute qu'il se souciait d'elle. Il allait même l'épouser… Mais cela ne voulait pas dire qu'il ressentait cette passion foudroyante qu'elle ressentait pour lui. Chaque instant loin de lui était une torture, et chaque instant avec lui était une joie.

— Une lettre d'amour ? insista sa grand-mère.

Viola jeta un coup d'œil à sa grand-mère et découvrit sur ses lèvres un léger sourire – d'autant plus beau qu'il était rare.

— Non, ce n'est pas une lettre d'amour.

— À voir ton visage, j'en aurais pourtant mis ma main à couper, répondit la vieille dame avec tendresse. Je suis contente que le mariage ait bientôt lieu…

Elle se tut un instant puis se leva.

— Bien. C'est maintenant l'heure de ma sieste ; je vais aller me reposer, déclara-t-elle.

En sortant de la bibliothèque, elle croisa Blenheim, qui inclina la tête en la laissant passer, puis entra pour apporter une lettre à Viola.

— Ceci est arrivé pour vous de la part de Sa Grâce, madame.

— Merci, Blenheim, répondit-elle en souriant.

Elle ouvrit l'enveloppe et découvrit deux lettres à l'intérieur. Elle lut la première. Elle était de Val qui lui disait que l'autre missive était arrivée au *Duc Fringant* à l'attention de

Tavistock. Intriguée, elle s'empressa d'en prendre connaissance, et son cœur se mit à battre la chamade.

Cher Tavistock,

Si vous voulez connaître l'identité de l'espion qui a infiltré les Spencéens, venez au Black Hare, *à Villers Street, à quinze heures.*

Elle fronça les sourcils. L'écriture ne lui était pas familière – ce n'était pas la même que la première qui avait été adressée à Tavistock et qui accusait Jack. Cette fois-ci, l'écriture était plus bâclée, avec des taches d'encre et des fautes d'orthographe. D'ailleurs, elle supposa qu'il devait s'agir de *Villiers Street* et non de *Villers Street*.

Elle jeta un coup d'œil à l'horloge sur la cheminée. Il était à peine quatorze heures. Si elle se dépêchait, elle pouvait être au rendez-vous à temps. Pourtant, elle hésitait à y aller seule. Peut-être que Jack pourrait l'y accompagner ? Elle devait lui envoyer une note à Westminster lui demandant de la retrouver au *Black Hare*.

Mais s'il ne la recevait pas à temps ? Ou s'il ne pouvait pas se libérer ?

Elle décida d'aller au rendez-vous et, si Jack n'y était pas, alors elle repartirait sans entrer. C'était la meilleure solution.

Elle s'empara d'une nouvelle feuille de papier, rédigea une note rapide, et se précipita dans le hall d'entrée.

— Blenheim, pouvez-vous faire livrer cette note à Westminster immédiatement, s'il vous plaît ? À l'attention de Sir Jack Barrett.

Le majordome prit la missive en hochant de tête.

— Bien madame. Je vais envoyer un valet de pied immédiatement.

— Merci, lui dit-elle en souriant, avant de se précipiter à l'étage pour enfiler son costume de Tavistock.

La veille, elle s'était persuadée que plus jamais elle n'endosserait ces vêtements d'homme et, pour la première fois, elle redouta la perspective de bander sa poitrine, d'aplatir ses cheveux pour que la perruque tienne en place, et de coller des rouflaquettes sur ses joues. Elle espéra sincèrement que c'était la dernière fois !

Il était près de quinze heures lorsque son fiacre arriva dans Villiers Street, juste devant le *Black Hare*. Viola demanda au cocher de l'attendre quelques minutes, lui donnant une pièce supplémentaire pour le dédommager. Il accepta, mais bougonna qu'il n'avait pas toute la journée.

Elle scruta le trottoir de l'autre côté de la rue à la recherche de Jack, mais en vain. Faisant les cent pas, elle guettait alors tous les fiacres qui passaient. Toujours rien.

Peut-être était-il déjà entré au *Black Hare* ?

Elle traversa la rue, décidée à entrer dans le pub, mais hésita finalement, lorsqu'elle fut devant la porte. Elle savait qu'elle ne devait pas y aller – pas sans Jack. Elle regarda par la fenêtre, mais la saleté sur les vitres l'empêchait de voir qui étaient les personnes à l'intérieur.

Malgré sa frustration et sa déception de ne pas découvrir l'identité de l'espion, elle se résolut à faire demi-tour et à retourner vers le fiacre. Mais, à peine avait-elle fait quelques pas qu'elle fut saisie par derrière et traînée de force dans une ruelle étroite à côté du pub. Elle n'eut pas le temps de voir qui était son ravisseur car on lui mit un sac sur la tête, la plongeant dans le noir.

Elle se mit à hurler. En fait, non, c'était davantage un *cri*, un cri typiquement féminin – mais cela lui était égal ; l'heure n'était plus à la dignité…

— On dirait que Tavistock est une femme ! s'exclama l'homme qui avait mis une main sur sa bouche pour la faire taire. Arrête de crier, sinon nous allons être obligés de te tirer dessus...

— Lui tirer dessus ? demanda une deuxième voix.

Ils étaient donc deux.

— Évidemment ! répondit sèchement le premier.

Pendant qu'ils se disputaient, ils la traînèrent et l'obligèrent à marcher, vraisemblablement dans la ruelle. Ils la tenaient chacun par un bras, et le premier gardait sa main sur sa bouche. Puis, elle entendit une porte s'ouvrir, et ils la poussèrent brutalement à l'intérieur de ce qui semblait être une entrée d'immeuble. Ils la firent ensuite monter un escalier et, le premier homme ne pouvant plus garder sa main sur sa bouche dans cet endroit exigu, elle se remit à crier. L'homme qui était devant elle lui assena alors un grand coup pour l'obliger à se taire, et elle fut déséquilibrée, tombant dans les bras de celui qui était derrière.

— Ça ne va pas ? cria l'homme qui la tenait.

— Fais-le – ou fais-la – taire, sinon je lui tire dessus ! le prévint l'autre.

Viola sentit quelque chose appuyer contre son ventre. Elle n'eut pas l'impression qu'il s'agissait d'un pistolet, mais comment le savoir ? Elle ne pouvait rien voir, et elle n'avait finalement jamais eu d'arme pointée sur elle...

— Bande-lui la bouche ! s'agaça l'homme au-dessus d'elle.

Aussitôt, l'autre passa ses doigts sur son visage à travers le sac en tissu. Lorsqu'il trouva sa bouche, elle envisagea de le mordre, mais se dit finalement que cela ne servirait à rien – le sac qui couvrait son visage atténuerait la douleur. Et puis, elle avait probablement une arme pointée sur elle ; ce n'était pas le moment de les provoquer.

L'homme derrière elle attacha quelque chose autour de sa bouche, et elle sentit le goût de poussière et de crasse sur sa langue. Elle eut aussitôt la nausée.

Une fois qu'elle fut bâillonnée, ils la tirèrent dans le reste des escaliers, jusqu'à un palier où ils ouvrirent une porte et la poussèrent à l'intérieur. Elle entendit la porte se refermer, puis elle fut jetée sur une chaise. L'un des hommes tira ses bras derrière elle et lui attacha les poignets.

Elle était terrorisée. Elle voulut leur demander ce qu'ils voulaient, mais elle était incapable de parler. Lorsqu'elle essaya, seul un souffle court et étouffé sortit de sa bouche.

Des doigts glissèrent sous le bâillon autour de son visage et remontèrent le sac jusqu'au-dessus de son nez, lui permettant de respirer à nouveau normalement, mais ses yeux étaient toujours masqués et sa bouche toujours immobilisée par la bande de tissu. Elle frissonna de dégoût d'être touchée si intimement par cet inconnu, qui arracha en deux coups secs ses rouflaquettes.

— Ce sont des fausses ! déclara-t-il avec une satisfaction imbécile.

— Bon sang, c'est une femme ! constata celui qui tenait le pistolet.

Les voix lui étaient vaguement familières mais elle ne réussit pas à mettre de visages dessus…

— Qu'est-ce qu'on fait, maintenant ? demanda le premier.

— Ça dépend de qui elle est, répondit l'autre, celui au pistolet.

Viola voulut crier qu'elle était la sœur du duc d'East-leigh mais, à nouveau, aucun son ne sortit de sa bouche.

— Il faudrait que l'on voie son visage, mais elle pourra nous voir…

— Nous ne pouvons pas prendre ce risque, grogna l'autre en enfonçant plus fort le pistolet dans son ventre, lui arrachant un soupir rauque. Tu n'aurais pas dû remuer toute cette boue, Tavistock ! lui lança-t-il. Nous allons devoir nous occuper de ton sort...

Elle était paralysée par la peur et crut un instant qu'elle allait perdre connaissance. Elle n'aurait jamais dû venir à ce rendez-vous ! Elle avait pourtant été prudente mais, de toute évidence, pas encore assez...

Si seulement Jack avait été là.

Pourquoi n'était-il pas venu ? Elle avait peur de la réponse à cette question.

$\sim$

*A*lors que sa deuxième réunion de l'après-midi se terminait enfin, Jack reçut une note. D'ordinaire, il l'aurait mise de côté en attendant de pouvoir la lire, mais il reconnut l'écriture de Viola. Souriant à lui-même, comme il l'avait fait toute la journée en repensant à la soirée de la veille, il l'ouvrit. Dès qu'il prit connaissance de son contenu, son sourire disparut, laissant place à un froncement de sourcils inquiet.

Sans attendre, il se leva, s'excusa auprès de ses collègues, et partit à toute hâte. Dehors, il prit le premier fiacre qui passa et demanda à être conduit à Villiers Street le plus rapidement possible. Quelques minutes plus tard, il arriva devant le *Black Hare* mais Viola – ou plutôt Tavistock – n'y était pas.

Il entra alors dans le pub et demanda si quelqu'un avait vu le jeune homme. Tous lui répondirent que non et son inquiétude grandit. Il se précipita dehors et scruta à nouveau la rue, plus attentivement cette fois. C'est alors qu'il aperçut un fiacre stationné un peu plus loin dans la rue.

Il s'en approcha en courant.

— Avez-vous vu un jeune homme ? demanda-t-il au cocher. Pas très grand, assez mince…

— Oui, répondit le cocher en fronçant les sourcils sous son chapeau. Il m'a payé pour que je l'attende quelques minutes. J'étais sur le point de partir, puis j'ai vu deux hommes le traîner dans cette ruelle.

Jack le regarda bouche bée.

— Et n'êtes pas intervenu ?

— Je ne veux pas d'ennuis, expliqua le cocher. Je reste là en cherchant quoi faire, mais je suis handicapé, figurez-vous ! ajouta-t-il, d'un ton de reproche, en donnant un coup sur sa jambe.

Au bruit que cela fit, Jack comprit que le cocher avait une jambe de bois.

— Cette ruelle ? demanda Jack en désignant la petite rue juste à côté du pub.

— Oui, acquiesça le cocher. Il y a environ dix minutes.

— Deux hommes, dites-vous ?

Le cocher hocha la tête et Jack partit aussitôt. Il décida de retourner dans le pub. Peut-être que les deux ravisseurs s'y trouvaient…

À l'intérieur, il s'approcha directement du *barman*.

— Avez-vous une arrière-salle où pourraient se trouver certains de vos clients ? J'ai un rendez-vous… demanda-t-il de but en blanc en faisant glisser un billet de banque sur le comptoir.

— Il y a une chambre à l'étage, et des types l'ont réservée, aujourd'hui, l'informa le barman en fourrant le billet dans sa poche. Prenez la porte qui se trouve à l'arrière de la salle. Il y a des escaliers à droite qui mènent à la chambre.

— Merci ! lança Jack en se précipitant vers la porte qui venait de lui être indiquée.

Ce n'étaient peut-être pas eux, mais c'était la seule piste qu'il avait et il ne pouvait pas se permettre de la négliger.

Lorsqu'il poussa la porte, il découvrit un petit couloir dans lequel il s'avança prudemment. Il y avait une deuxième porte à droite, laquelle, supposa-t-il d'après son emplacement, devait donner dans la ruelle. Cela collait donc avec ce que lui avait dit le cocher, et il eut bon espoir de retrouver Viola.

Il monta les escaliers en prenant soin de ne pas faire de bruit, puis s'arrêta à mi-hauteur, réalisant qu'il n'avait pas d'arme. Et si les ravisseurs étaient armés ? Pourtant, il n'avait pas le choix : il ne pouvait pas laisser Viola en danger. Il se dit alors qu'il trouverait peut-être quelque chose en bas qui lui permettrait de se défendre, si nécessaire, et il redescendit à toute vitesse.

Par chance, il trouva un petit placard de rangement dans lequel se trouvaient plusieurs ustensiles de nettoyage, dont un balai. Ce n'était pas grand-chose, mais c'était mieux que rien, surtout pour l'escrimeur hors pair qu'il était.

Néanmoins, pour que l'arme soit plus utile, il brisa le manche à balai sur sa cuisse, le transformant en deux morceaux aux extrémités pointues et potentiellement dangereuses. Parfait ! Ce n'était pas l'idéal, mais cela lui permettrait de se défendre.

Revenant sur ses pas, Jack monta les marches. La cage d'escalier était sombre, éclairée uniquement par une lampe à gaz. Enfin, il arriva à un palier étroit, desservant trois portes. Doucement, il plaqua son oreille contre l'une d'elles pour voir s'il y avait quelqu'un : aucun bruit. Il réitéra l'opération avec la seconde porte et, cette fois, il entendit des voix. Puis un cri étouffé.

Aussitôt, il ouvrit la porte et se précipita à l'intérieur, brandissant son arme de fortune. Les deux hommes, choqués d'avoir été surpris, le regardèrent d'un air hébété.

Pennington et Sir Humphrey.

Ils se tenaient de chaque côté de Viola, et Pennington avait planté ses doigts dans le flanc de Viola.

Profitant de la diversion, elle essaya de s'éloigner de lui, mais ses mains attachées dans le dos l'en empêchaient.

Jack fut gagné par une rage immense.

— Qu'est-ce que vous êtes en train de faire ?

Viola cria quelque chose – peut-être « Jack » – mais sa bouche était bâillonnée et il ne comprit pas ce qu'elle disait. Une envie de violence le gagna tout entier et il regarda les deux hommes devant lui, essayant de décider par lequel il allait commencer.

— Barrett ! Que faites-vous ici ? s'étonna Sir Humphrey d'un air niais.

— C'est plutôt à moi de vous poser cette question ! Éloignez-vous d'elle ! leur ordonna-t-il.

Il réalisa qu'il n'avait pas utilisé le bon pronom mais, compte tenu des circonstances, cela n'avait pas grande importance. Sauver Viola était la seule chose qui comptait.

— Pennington ! Retirez vos sales pattes d'elle et enlevez-lui ce sac ! *Tout de suite !* hurla-t-il en s'avançant vers lui, brandissant son bout de bâton devant son visage.

Pennington laissa échapper un gémissement pathétique et se hâta de retirer le sac. Le chapeau de Viola tomba, et sa perruque se décala.

— La sœur d'Eastleigh ! s'exclama Sir Humphrey, incrédule.

En voyant leur réaction, Jack se dit qu'ils n'avaient pas dû réaliser que Tavistock était une femme… Pourtant, ses rouflaquettes avaient été arrachées et étaient sur ses genoux. C'est donc simplement qu'ils n'avaient pas compris de quelle femme il s'agissait…

Les yeux de Viola rencontrèrent les siens et elle soupira de soulagement. Jack, quant à lui, était prêt à commettre un meurtre.

— Enlevez le bâillon ! Ça devrait déjà être fait ! grogna-t-il en pressant la pointe du bâton sur la joue de Pennington.

Le couard glapit et, tremblotant, retira rapidement le bâillon de Viola.

— Détachez-la ! commanda Jack à Sir Humphrey en agitant le bâton dans sa direction.

Enfin libre, Viola sauta de sa chaise et se précipita vers Jack. Il passa son bras autour d'elle et la serra contre lui, lui permettant d'enfouir son visage dans son cou.

— Je suis tellement désolée, murmura-t-elle. Quand j'ai vu que vous n'étiez pas là, j'ai voulu partir, mais ils m'en ont empêchée…

— Chut… fit-il en l'embrassant sur la tempe. Je suis là maintenant.

Il regarda Pennington et Sir Humphrey d'un air menaçant.

— Expliquez-vous avant l'arrivée de Bow Street !

— Nous voulions seulement lui faire peur, déclara Sir Humphrey, aussi livide que Pennington. Enfin, à Tavistock je veux dire…

— Nous ne savions pas qu'il était une femme, balbutia Pennington.

Viola les regarda avec mépris.

— Vous n'aviez même pas d'arme, n'est-ce pas ?

Pennington secoua la tête comme une poupée de chiffon.

— Nous voulions juste vous effrayer. Sir Humphrey vous a dit quelque chose qu'il n'aurait pas dû hier soir, et Caldwell lui a demandé de réparer sa bévue.

Il se tourna vers Sir Humphrey avec un air de colère.

— Il m'a convaincu de l'aider, comme lui et Caldwell l'ont toujours fait ! lâcha-t-il.

Caldwell. Jamais Jack n'aurait imaginé que lui – et ces

deux idiots – seraient allés jusque-là pour éliminer un ennemi politique. Il était stupéfait.

— Où est Caldwell ?

— Il a dit que c'était à moi de m'en occuper, répondit Sir Humphrey en se tordant les mains. C'était une erreur de ma part de mentionner l'existence de cet espion. Personne n'était censé le savoir. Je n'étais même pas censé le savoir moi-même…

— Pourtant, vous n'avez pas hésité à le dire à un journaliste ! lui fit remarquer Viola avec mépris.

— Quel était votre objectif – avec Caldwell ? Pourquoi avoir fait croire à tout le monde que j'étais un Spencéen, et que j'étais impliqué dans l'attaque du prince régent ? les questionna Jack.

— Nous voulions nous débarrasser de vous, répondit Sir Humphrey sans détour. Vous êtes une épine dans le pied, avec votre obsession pour la réforme… Nous savons que vous souhaiteriez voir nos bourgs disparaître, et nous avec !

— Vous ne méritez pas de siéger au Parlement, cracha Viola. Heureusement, maintenant que vous êtes devenus des criminels, cela ne risque plus d'être le cas…

— Caldwell voulait ruiner votre réputation – vous faire expulser de la Chambre des communes, gémit Pennington. C'est lui le responsable !

— Je vous en prie, n'essayez pas de me faire croire que vous êtes irréprochables, lança Jack d'un air sombre. Tenez-moi ça, demanda-t-il à Viola en lui tendant le bâton.

Les mains libres, il marcha jusqu'à Pennington, et le frappa violemment au visage, forçant l'homme à tituber pour rester debout. Puis il fit la même chose à Sir Humphrey, lequel tomba lourdement au sol.

— Vous avez de la chance que je m'en tienne là ! gronda-t-il.

Puis il retourna vers Viola, la prit dans ses bras en l'embrassant, et la débarrassa du bâton qu'il venait de lui confier.

— Je vous conseille de rester ici jusqu'à l'arrivée des Coureurs de Bow Street. Dans le cas où vous auriez la mauvaise idée de fuir, je vous rappelle qu'ils savent où vous habitez... Oh ! Et si vous révélez à qui que ce soit la véritable identité de Tavistock, je vous assure que vous aurez affaire à moi et que je ferai de votre vie un enfer. Est-ce clair ?

Les deux compères hochèrent vigoureusement la tête, Pennington recroquevillé dans un coin, et Sir Humphrey blotti sur le sol.

Jack se retourna, prit Viola par la main et la conduisit hors de la pièce, claquant la porte derrière eux. Ils se hâtèrent de descendre les escaliers et, par prudence, sortirent par la porte de derrière, celle qui donnait dans la ruelle.

Une fois à l'air libre, Jack sentit la pression retomber. Il lâcha le bout de manche à balai et se tourna vers Viola, la serrant contre lui de toutes ses forces.

— Vous êtes en sécurité maintenant, murmura-t-il.

— J'ai eu tellement peur de ne plus jamais vous revoir ! Juste au moment où tout semblait si parfait...

Elle recula son visage et plongea son regard dans le sien. Même avec sa perruque de travers il la trouvait magnifique. Il l'aimait tellement...

— Je vous aurais retrouvée n'importe où. J'aurais cherché aux quatre coins de la Terre, s'il l'avait fallu, jusqu'à la fin des temps. Vous êtes à moi, Viola. Je vous aime.

Des larmes de joie coulèrent le long de ses joues.

— Ne pleurez pas, ma chérie... susurra-t-il en séchant ses joues.

— Je n'y peux rien. Je n'ai jamais été aussi heureuse. Je vous aime aussi. Tellement…

Il l'embrassa et ils s'étreignirent comme si le monde risquait de les séparer. Ce ne fut qu'au bout d'un certain temps que Viola eut la force de se détacher de lui.

— Je n'avais pas prévu de vous épouser, vous savez ? lui dit-elle doucement.

Il la regarda avec étonnement tandis qu'un frisson lui glaça le dos.

—Que voulez-vous dire ?

— J'ai essayé de vous dire plusieurs fois que nous n'avions pas à nous marier. Je sais que vous ne vouliez pas vous marier…

— Mais je le veux, maintenant. Scandale ou pas, je veux que vous soyez ma femme, Viola. Je vous aime. J'ai *besoin* de vous. Vous ne m'abandonnerez pas devant l'autel, n'est-ce pas ? lui demanda-t-il en souriant et en lui caressant la joue.

— Non ! Je ne pourrais jamais faire une chose pareille… J'ai tellement essayé de ne pas tomber amoureuse de vous, de ne pas être vulnérable. Je n'étais pas sûre que vous m'aimiez en retour.

— Comment pouviez-vous ne pas le savoir ? rit-il. J'étais pourtant persuadé que mon amour pour vous se voyait comme le nez au milieu de la figure…

— Je le vois, maintenant, répondit-elle en souriant et en caressant son dos. Je sais que nous nous appartenons.

— C'est le cas, en effet, confirma-t-il avant de l'embrasser à nouveau.

Puis il prit sa main et ils quittèrent la ruelle.

— Je vais vous ramener chez vous, puis j'irai ensuite à Bow Street.

— Je viens avec vous ! déclara-t-elle. Pour le livre.

Il s'arrêta et la regarda.

— Le livre ? Vous voulez dire l'article que vous écrivez… ?

— Non, je crois finalement que je vais écrire un livre. À moins que nous puissions découvrir qui est l'espion et pourquoi il a infiltré les Spencéens.

— C'est ce que je compte faire, répondit-il.

L'idée que Caldwell ou d'autres députés aient infiltré quelqu'un parmi les Spencéens l'intriguait. Quelle était leur motivation ? Était-ce simplement pour impliquer Jack, ou s'agissait-il de quelque chose de plus grave ? Il voulait s'entretenir avec Caldwell, et il était déterminé à le faire.

Il héla un fiacre et donna l'adresse de Berkeley Square.

CHAPITRE 15

*P*lus d'une heure plus tard, Viola était assise dans un bureau de Bow Street tandis que Jack faisait les cent pas derrière elle, devant l'âtre de la cheminée. Le temps était devenu maussade, et l'air s'était beaucoup rafraîchi. Même la chaleur du feu ne suffisait pas à chasser son sentiment d'appréhension.

— Pourquoi cela prend-il si longtemps ? s'exaspéra Jack.

Cela faisait déjà un long moment qu'ils étaient arrivés. Après une rapide pause à Berkeley Square pour que Viola puisse quitter son déguisement de Tavistock et redevenir Lady Fairfax, ils avaient emprunté la calèche de la grand-mère, qui était maintenant garée à l'extérieur.

Heureusement, lorsqu'ils étaient arrivés chez Viola, la vieille dame faisait toujours la sieste, car il aurait fallu beaucoup trop de temps pour lui expliquer toute l'histoire et pourquoi ils devaient aller à Bow Street. Ensemble. Sans elle.

Heureusement qu'ils n'étaient plus à un scandale près et qu'ils allaient bientôt se marier...

Soudain, la porte s'ouvrit. Lorsqu'elle se retourna, Viola n'en crut pas ses yeux : Lord Orford.

— Bonjour, Lady Viola ! lança-t-il en s'inclina devant elle.

Puis il se tourna vers Jack et lui tendit la main.

— Barrett !

Jack serra sa main, en le regardant avec un mélange de curiosité et de scepticisme.

— Je pensais que nous allions voir un Coureur...

— Non, pas pour ce genre d'affaire, répondit calmement Orford en s'asseyant sur une chaise à côté du petit canapé où était assise Viola. Je vous en prie, asseyez-vous, dit-il à Jack en lui indiquant la place à côté de Viola.

Jack s'installa, les sourcils toujours froncés, et Viola sentit la tension qui émanait de lui.

— Pourquoi avons-nous affaire à vous ? s'enquit Jack.

— C'est compliqué... commença Orford. Le juge Stafford m'a demandé de m'entretenir avec vous. Je m'excuse d'avoir mis si longtemps à arriver.

Jack l'étudia.

— Vous étiez encore à Westminster ?

— En effet. Je devais régler une affaire concernant Sir Caldwell.

— Ce malfrat ! siffla Jack avec dégoût.

— J'ai appris ce qui était arrivé à Lady Viola, dit-il en la regardant avec douceur. Je suis sincèrement navré du traumatisme que vous avez subi...

— Orford, venez-en au fait ! l'exhorta Jack en se penchant en avant, et en le regardant d'un air dur. Pourquoi êtes-vous ici, et qu'avez-vous à voir avec les espions, les instigateurs et les rumeurs de mon implication dans l'attaque contre le prince régent ?

— Je vais essayer de tout vous expliquer du mieux que je peux, mais il y a des aspects de cette... *situation* qui sont malheureusement extrêmement sensibles et qui ne peuvent pas être divulgués.

Viola eut un mauvais pressentiment.

— Avez-vous rencontré Sir Castle à la réunion des Spencéens ? demanda Orford à Jack, qui confirma d'un léger hochement de tête. Il s'agit d'un espion, reprit alors Orford, et je crains qu'il ait révélé votre présence à Caldwell, qui – j'espérais – pourrait nous aider dans cette... *situation*. Malheureusement, il semblerait que j'ai mal évalué la fiabilité de Caldwell, ainsi que son honneur, conclut-il, l'air désolé.

— Vous êtes en train de nous dire que le Gouvernement a infiltré quelqu'un parmi les Philanthropistes spencéens ? résuma Jack, médusé. Mais c'est de la folie !

Orford fit comme s'il n'avait rien entendu de ce que Jack venait de lui dire.

— Je suis désolé de ce qui vous est arrivé. Caldwell avait en fait ses propres objectifs, dont je n'étais évidemment pas au courant. Il cherchait un moyen de vous faire expulser de votre siège, notamment en donnant l'impression que vous étiez, d'une manière ou d'une autre, impliqué dans l'attaque contre le prince. Bien sûr, Caldwell n'occupera plus son siège, pas plus que Pennington et Sir Humphrey, d'ailleurs, ajouta-t-il d'un air dépité. Vous pouvez être rassurés : ils ne pourront plus jamais vous nuire.

Jack regarda Orford en plissant les yeux.

— Travaillez-vous pour le ministère de l'Intérieur ?

Orford ne répondit pas et resta impassible, mais Viola comprit que Jack avait vu juste. Elle se souvint de la conversation qu'elle avait eue avec lui, et la manière dont il avait tenté de lui soutirer des informations au sujet de l'attaque, et cela ne fit que renforcer sa conviction. Elle prit la main de Jack, s'apercevant qu'il était encore plus tendu.

— Je ne suis pas sûr de me fier suffisamment à vous –

ou quelle que soit la personne en charge de cette affaire – pour nous protéger. Je vous préviens : si quelqu'un menace, ou s'en prend un jour à ma femme, je n'hésiterai pas à la défendre moi-même.

Viola n'était pas encore sa femme, mais qu'il parle d'elle comme tel l'emplit de joie. Elle lui serra la main, et fut encore plus émue lorsqu'il serra la sienne en retour.

— Je comprends parfaitement votre position. Je ressentirais la même chose, à votre place.

Orford jeta un rapide coup d'œil vers Viola et elle crut déceler un soupçon de regret, avant qu'il ne reporte son attention sur Jack.

— Vous avez de la chance d'avoir trouvé une telle épouse. Je vous félicite pour votre futur mariage ; je suis très heureux pour vous deux.

— Merci, dit doucement Viola.

— Et maintenant, je dois vous demander de garder tout ce que vous avez appris aujourd'hui complètement confidentiel.

Viola lâcha la main de Jack et s'avança à son tour.

— On ne peut pas dire un mot ? Je comptais écrire une histoire à ce sujet. Les gens doivent pouvoir être informés de ce qu'il se passe.

Orford secoua fermement la tête.

— C'est impossible ! En échange, je vous promets que Caldwell et ses acolytes ne vous importuneront plus, et que personne ne connaîtra jamais la véritable identité de Sir Tavistock. Même si je ne peux que suggérer qu'il cesse d'écrire pour la *Gazette des femmes...* Il pourrait peut-être déménager à l'autre bout du pays ?

— Il l'a déjà fait, l'informa Viola d'un ton sec, irritée de devoir abandonner le projet de son livre.

— Excellent ! s'exclama Orford en se leva brusquement. Dans ce cas, je pense que nous avons terminé.

Jack et Viola se levèrent à leur tour.

— En effet, répondit-il simplement. Bonne soirée, Sir Orford !

Puis il escorta Viola à l'extérieur, là où leur voiture les attendait, alors que la pluie commençait à tomber.

— Tout cela est terriblement frustrant ! pesta Jack lorsqu'ils furent à l'abri.

— En effet...

— Je suis vraiment désolé pour votre histoire, lui dit-il en se tournant vers elle.

— Ça ne fait rien, mentit-elle. C'est simplement dommage. J'étais justement en train de prendre des notes, cet après-midi, sur ce livre que j'aimerais écrire.

— De quoi parle-t-il ?

— Disons d'espions, d'intrigues et, bien sûr, d'amour...

— Je vois, fit-il en souriant.

Il enroula ses bras autour d'elle et l'attira contre lui. Puis il enfouit sa tête dans son cou pour inhaler son parfum avant de l'embrasser.

— Je vous préfère de loin en tant que Viola !

Elle lui retira son chapeau, qui tomba derrière lui sur le siège, puis elle enfonça ses doigts dans ses cheveux noirs.

— Je suis soulagée de le savoir ! sourit-elle.

— Parlez-moi de l'histoire d'amour que raconte votre livre.

— C'est l'histoire d'un homme brillant qui aide un journaliste en herbe à mener une enquête importante pour l'un de ses reportages au sujet de la corruption qui sévit au sommet de l'État.

— « Au sommet de l'État » ?

— Oui... C'est une nouvelle idée que je viens d'avoir. Je dois encore peaufiner les contours de mon histoire. Peut-être que le roi – car je ne peux pas situer mon livre dans le présent – pourrait organiser sa propre tentative d'assassinat afin de gagner la sympathie du peuple et pouvoir ainsi mieux voter certaines lois visant à contrôler les classes ouvrières rebelles.

Il la dévisagea, les yeux emplis d'admiration et d'amour pour elle.

— Vous êtes tellement brillante… Et terrifiante ! Vous ne pouvez pas écrire une histoire comme celle-là.

— Je crois que non, en effet, admit-elle à contrecœur. Mais je vais trouver quelque chose de ressemblant…

Il l'embrassa à nouveau dans le cou, la sensation de ses lèvres sur sa peau la faisant frissonner.

— Je suis prêt à vous aider à trouver l'inspiration, si vous voulez. Surtout pour ce qui est de l'histoire d'amour…

— Je vous remercie, s'amusa-t-elle. C'est justement pour cette partie-là que je vais avoir besoin d'aide.

Jack glissa sa main sous sa robe, et la fit remonter le long de sa jambe, jusqu'à l'intérieur de sa cuisse. Elle ferma les yeux et laissa tomber sa tête sur son épaule.

— Nous serons bientôt à Berkeley Square, haleta-t-elle.

Il se redressa à côté d'elle et introduisit ses doigts dans son entrejambe, déjà humide.

— Alors je serai rapide, souffla-t-il avec un sourire lubrique, juste avant de l'embrasser.

— Pas trop vite, j'espère, murmura-t-elle entre deux baisers.

— Ne vous inquiétez pas, mon amour. Nous avons désormais tout le temps de recommencer. Je serai toujours là, jusqu'à ce que vous vous lassiez de moi.

Elle le tint férocement contre elle et le regarda dans les yeux avec tout l'amour qu'elle ressentait pour lui.

— Cela n'arrivera jamais.

ÉPILOGUE

— *A*ux futurs mariés ! déclara le père de Jack en levant sa coupe de champagne lors du dîner organisé par la grand-mère de Viola.

Même si cela ne faisait pas encore une semaine qu'ils étaient fiancés, Jack avait l'impression d'être un membre de la famille. Eastleigh l'avait accueilli chaleureusement. Quant à la duchesse, malgré sa réserve habituelle, elle lui avait témoigné de l'intérêt et une certaine sympathie, en tant que futur mari de sa petite-fille, mais aussi en tant que personne.

Le mariage devait avoir lieu le lendemain. C'était à la fois si proche et si lointain... Il regarda Viola, à sa gauche, qui sirotait son champagne. Son regard rencontra le sien, et il vit dans ses yeux le même amour pour lui que celui qu'il ressentait pour elle.

Les derniers jours avaient été un marathon pour organiser le mariage et le déménagement de Viola dans la maison de Jack. Elle était triste de quitter sa grand-mère et avait demandé à Jack s'il serait d'accord pour emménager à Berkeley Square, la saison prochaine. Il lui avait répondu qu'il y réfléchirait, mais il savait déjà qu'il accepterait de le faire. En fait, il était tombé littéralement sous le charme de *tous* les Fairfax.

Après le dîner, alors que les hommes et les femmes auraient normalement dû se séparer, tous se rendirent dans le salon.

— Porto ou cognac ? demanda Eastleigh à Jack avec une tape amicale sur l'épaule.

— Je dirais Porto ! répondit Jack d'un air enthousiaste en accompagnant son futur beau-frère jusqu'au buffet. Mon père prendra du cognac.

Eastleigh servit les boissons, puis trois verres de porto supplémentaires.

— Pour nos femmes… expliqua-t-il avec un clin d'œil.

— Viola aime le porto après le dîner ?

Eastleigh acquiesça, et Jack ajouta cela aux choses qu'il devait retenir au sujet de celle qui allait bientôt être sa femme. Il avait encore tant à apprendre sur elle ! Il était impatient d'en découvrir davantage…

Ils rejoignirent les femmes et le père de Jack, Eastleigh prenant deux verres, et Jack deux autres.

— Jack, je voulais que vous sachiez que nous avons également banni Pennington du *Duc Fringant*, même s'il restera probablement reclus de lui-même pendant un certain temps.

Le scandale des noces hâtives de Viola et Jack avait été éclipsé par celui, beaucoup plus retentissant, de la démission du Parlement de Pennington, Caldwell et Sir Humphrey. Viola avait d'ailleurs tout fait pour l'amplifier en ajoutant toutes les informations qu'elle avait à leur sujet dans sa chronique mensuelle, qu'elle avait modifiée juste avant l'impression de la *Gazette des femmes*. Le numéro, qui était sorti la veille, avait réalisé ses meilleures ventes – à tel point que l'éditeur avait écrit à Viola, plus tôt dans la journée, pour la supplier de reconsidérer son départ.

Alors que Jack donnait le verre de cognac à son père, et celui de porto à Viola, il se souvint du jour où elle avait modifié sa colonne, et sourit.

— Pourquoi souriez-vous ? lui demanda Viola en lui prenant le verre des mains, effleurant ses doigts.

— Je repensais à la tête de votre rédacteur en chef lorsque vous avez présenté votre chronique sous votre véritable identité et non en tant que Tavistock. Je ne savais pas qu'une bouche pouvait s'ouvrir aussi grand ! rit-il.

Viola, qui venait de prendre une gorgée de porto, lutta pour ne pas rire avant de l'avoir avalée.

— Ce n'est pas très *fair-play* de votre part de me parler de cela alors que je suis en train de boire ! dit-elle finalement en riant.

— C'est vous qui m'avez demandé pourquoi je souriais…

— C'était un moment magnifique, n'est-ce pas ?

— C'est vrai. Et vous l'avez pleinement mérité !

Viola et Jack avaient longuement discuté pour décider si elle devait révéler sa véritable identité au journal. Mais ils avaient finalement pensé qu'ils ne le diraient à personne : ils se seraient couverts de ridicule en ébruitant le fait qu'ils avaient employé une femme sans s'en apercevoir.

Jack embrassa Viola sur la tempe, puis retourna vers le buffet pour prendre son verre, rejoignant Val qui était aussi venu prendre le sien.

— Je suis sincèrement heureux que vous et Viola vous soyez trouvés – malgré des circonstances, disons… peu orthodoxes ! dit-il en riant. Mais je n'ai aucune leçon à donner… Il m'a fallu dix ans pour réaliser que ce que je voulais, ce dont j'avais besoin, était juste devant moi.

— Mon père a commis la même erreur, déclara Jack. Enfin... je ne veux pas dire que vous avez commis une erreur ! se rattrapa-t-il.

Avalant une gorgée de porto, Eastleigh hocha la tête en souriant.

— Si, si... vous pouvez me le dire, car c'est vrai : j'ai commis une erreur. Si j'avais réalisé que j'aimais Isabelle lors de notre première rencontre, je nous aurais fait gagner beaucoup de temps à tous les deux.

Il secoua la tête d'un air pensif.

— Mais ça ne fait rien, reprit-il. Tout ce qui compte, à présent, c'est que nous soyons ensemble, et pour toujours.

En écoutant l'histoire de son beau-frère, Jack se félicita de ne pas s'être entêté dans le calendrier qu'il s'était fixé à lui-même pour sa carrière et son mariage. Il pouvait avoir les deux. Il le savait désormais...

— Qu'est-ce que c'est que ces messes basses ? fit mine de les réprimander la duchesse. Venez donc vous joindre à nous !

Jack et Val rejoignirent les autres, Jack s'installant sur un canapé à côté de Viola, et Eastleigh sur un autre, à côté d'Isabelle.

— Nous ne faisions pas de messes basses, déclara Eastleigh. Nous étions simplement en train de parler de la chance que nous avions d'avoir trouvé l'amour.

— Vous avez raison. Il n'y a rien de plus beau que le véritable amour, renchérit le père de Jack.

Jack regarda son père et aperçut une lueur dans ses yeux qu'il avait rarement vue. Il avait été ravi d'apprendre que, non seulement Jack allait se marier, mais qu'il était tombé amoureux. Il avait même semblé encore plus heureux que le jour où Jack avait été admis au barreau de Londres, ou celui de son entrée au Parlement.

— Je suis tout à fait d'accord ! déclara la duchesse, en levant son verre, imitée par le reste du groupe.

— Je suppose que nous devons remercier le scandale, murmura Viola à l'oreille de Jack.

— Je suis prêt à remercier le scandale, ou quoi que ce soit d'autre, pour le reste de ma vie, répondit-il en trinquant avec elle. Au scandale. Et à *vous*. Vous avez fait de moi l'homme le plus heureux du monde.

— Non, *vous* avez fait de moi l'homme et la femme les plus heureux du monde ! le reprit-elle avec un clin d'œil.

Il l'embrassa sur la joue puis se pencha à son oreille pour qu'elle seule puisse entendre.

— Si vous enfilez à nouveau une moustache un jour, je vous promets de porter une robe, pour vous montrer l'effet que cela fait !

— Je me fiche de ce que vous portez, tant que vous le retirez… rétorqua-t-elle en le regardant dans les yeux.

— Attention, Viola… Vous risquez de déclencher un nouveau scandale, ici et maintenant…

— Mais je n'ai jamais dit qu'un seul scandale me suffisait, répondit-elle avec un large sourire.

Jack lui prit la main et déposa un baiser sur son poignet.

— Avec vous, mon amour, rien ne sera jamais suffisant !

Que se passe-t-il lorsque Giles Langford, tête brûlée sans le sou, tombe amoureux de la sœur du duc de Colehaven ? Découvrez-le dans Une nuit d'adieu.

Commandez votre exemplaire ici : Une nuit d'adieu

Merci infiniment d'avoir lu *Une nuit de scandale*. C'est le quatrième tome de la série le *Club des ducs fringants* que j'ai eu le plaisir d'écrire avec ma meilleure amie, Erica Ridley. J'espère que vous avez apprécié ! J'espère aussi que vous laisserez un avis sur votre site de vente en ligne ou votre réseau préféré.

Amicalement,
Darcy

NOTE DE L'AUTEURE

Il y a beaucoup d'événements et de personnages historiques inclus dans *Une nuit de scandale*. Les émeutes de Spa Fields ont eu lieu à la fin de l'année 1816, et l'attaque contre la voiture du prince régent, le jour de l'ouverture du Parlement, en janvier 1817. À la suite de ces évènements, afin de lutter contre les troubles qui agitaient les classes populaires, le Parlement décida d'instaurer un Comité du secret, de révoquer l'*Habeas corpus*, et de voter la loi sur les réunions séditieuses, en 1817.

William Cobbett a créé un journal pour la classe ouvrière, et fut condamné à deux ans d'emprisonnement après avoir été reconnu coupable de diffamation. Pour éviter d'être arrêté à nouveau, il s'enfuit en Amérique en 1817.

Sir Francis Burdett était un membre du Parlement favorable à la réforme. Pour beaucoup, il était un radical. Disons qu'il aurait été un héros pour Jack.

Stafford était le juge de Bow Street, et travaillait également au Département de l'Intérieur – le département exécutif du gouvernement britannique – où il a notamment organisé l'infiltration de plusieurs espions, dont John Castle. Castle fut finalement arrêté pour faux, et a fini par témoigner contre son ami et partenaire, qui fut condamné à la peine de mort. Plus tard, Castle a rejoint les Philanthropistes spencéens, et un officier de Bow Street qui connaissait ses antécédents judiciaires, en a informé Stafford, le juge de Bow Street. Stafford a alors « recruté » Castle comme espion – j'utilise des guillemets car il ne l'a pas vraiment recruté, mais plutôt « obligé » en utilisant son passé judiciaire pour lui faire du chantage. C'est ainsi que Castle a infiltré les Spencéens, et a fourni de nombreuses informations sur leurs activités à Stafford, allant même jusqu'à témoigner lors du procès de James Watson – l'un des quatre chefs de file des Philanthropistes spencéens, avec James Watson, Arthur Thistlewood, et Thomas Preston – en révélant le rôle qu'il avait joué dans les émeutes de Spa Fields. Toutefois, le témoignage de Castle n'a pas été jugé crédible par le tribunal, en raison – encore une fois – de ses antécédents judiciaires. Watson ne fut donc pas condamné, et les trois autres hommes furent libérés avant d'être jugés.

Ce fut une période trouble pour l'Angleterre, attisée par l'entremise d'*agents provocateurs*[1] !

---

1. Ndlt : les « agents provocateurs » était des personnes employées par la police, le Gouvernement, ou une autre entité, pour agir sous couverture et pousser certains groupes à commettre des actes illégaux afin de les rendre condamnables.

DU MÊME AUTEUR

The Wounded Viscount

The Untouchables: The Pretenders

A Secret Surrender

A Scandalous Bargain

A Rogue's Redemption

À PROPOS DE L'AUTEURE

Darcy Burke est l'auteure à succès USA Today de romance sexy, sentimentale historique et contemporaine. Darcy a écrit son premier livre à 11 ans, une fin heureuse entre un cygne accro à la magie et une femelle cygne qui l'aimait, avec des illustrations extrêmement pauvres.

Native de l'Oregon, Darcy vit en bordure des vignes avec son mari guitariste, une fille artiste d'un incroyable talent, et un fils débordant d'imagination qui écrira sans doute un jour mieux qu'elle (et peut-être dès demain). Ils forment une famille-à-chats un peu folle, avec deux bengals, un petit chat en quête de notoriété qui porte le nom d'un fruit, un vieux maine-coon rescapé plutôt arrogant, et une collection de chats du voisinage qui trainent sur la terrasse et entrent quelquefois. Vous trouverez Darcy au chai, dans son confortable fauteuil d'écrivain avec son portable et un ou trois chats sur les genoux, en train de plier son linge (ce qu'elle adore), ou encore devant le télévision avec sa famille. Ses havres de bonheur sont Disneyland, le week-end du Labor Day au Gorge, Le Danemark et partout au Royaume-Uni – tant que sa famille y est aussi. Retrouvez Darcy en ligne à https://www.darcyburke.com et suivez-la sur ses réseaux sociaux.

www.ingramcontent.com/pod-product-compliance
Lightning Source LLC
Chambersburg PA
CBHW050322110726
47899CB00007B/2339